귀띔을 귓등으로

허럼을 헛등으로

이철희 시집

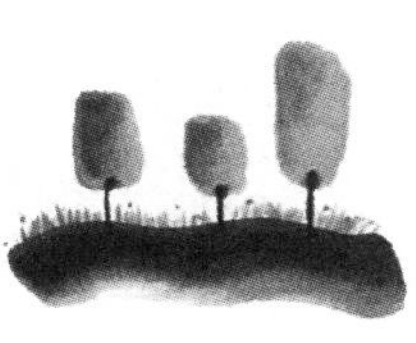

이미 터득한 사실을
새로운 방향인양 무턱대고 치우치려니
쫑긋 휘둘리는 자세가 다들 어리버리하다

문학시티

시인의 말

첫 발

평생 남달리 두뇌사용 시도에 깜냥 꽤나 없었던 터라
여태 뜻대로 한 일, 할 일, 해본 일, 해볼 일이 통 없으니
된 일이라고는 기껏 한 손가락 될까 말까

행색까지 기본에 미치지 못하였으니 딱히 낯붉힐 일도
엔간히 없었던 스스로 머저리 삶이었어라

그러거나 말거나 노다지 듣고 살아왔던 석두, 둔재라
업신여겨지는 별명에도 신물내기는 커녕 그저 모퉁이
에서 찌질대다 간신히 여기까지 엉거주춤 돌아 왔으니
바르게 생각을 밝히자면
뜬금없을 줄만 알았던 텅 빈 머릿속이 이제라도 도드라
져 남들의 반만큼이라도 채워졌으면 아니 행복하겠는가.
불 맞은 쭉정이 보다야 일등급은 아니더라도 여물기가

하상품은 면하고픈 알곡의 소박한 열망이 속닥거리기에
이제라도 홍청망청 돌머리를 굴리고 싶다
당당하게 빈번한 성원도 받고 싶다

여하간
초장에 찍은 두릅회를 안주로
술을 마시다 술에 먹히는 상황을 접하고 싶은 속내가
다분하다 그러면 착상에 도움 되려나,
미련한 발상이다

2016년 6월
이 철 희

차례

2부 여름

3부 가을

4부 겨울

5부 그리고

1부 봄

무덤덤하여 꽃잎마저 입속으로 밀어 넣고서
야무지게 봄을 자시네
계절아,
살금살금 더디 가라고
도대체 그걸 꿀꺽 못 삼키네

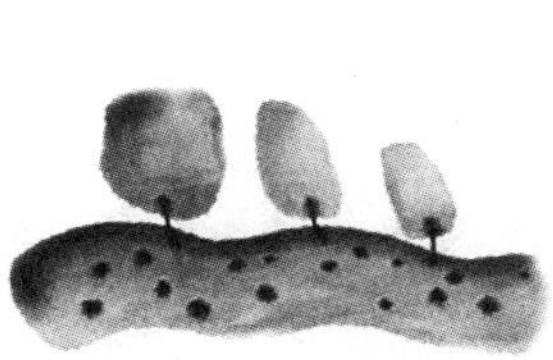

기대

살면서 외로움이 언제 오나 했더니 바로 오늘인가요
이렇게 적적한 우요일 오후
우두커니 창틀에 떨어지는 빗방울을
한 톨 한 톨 세다보니
어느 틈에 촉촉이 적셔진 마음의 눈물까지
무심결에 셈하고 있었네요

어쩌나 이미 들켜버린 허전한 인생인 것을.

누구라도 오세요, 아무나 환영합니다
빗물에 쓸려오건
바람타고 날아오든
무언의 애정 어린 감정만으로 정표를 나누고
뒤숭숭해버린 서로의 상처가 아물도록
보듬어 줄 수 있는 분이라면
오롯하게 반겨 줄 의향에는 여태 모자람이 없습니다

무조건 와주세요 당신은 행운아입니다
구름에 실려 왔건
눈보라에 떼밀렸든
다시 한 번 터질 듯한 심장의 박동소리로

너와 나의 쓰라린 옛 일들을
회유할 수 있는 기회를 공유한다면
오붓하게 안아 줄 설렘은 진정 간직하고 있겠습니다

나는

아무려면 고역살이 하려고 나지는 않았을 텐데
하늘 원망하고
조상 탓하다
꼬락서니가 우습게 돼버렸다

착하게만 살자고
분노를 쏟아낼 줄 몰랐다
아파할까봐
꽃 한 송이 꺾을 엄두조차 안 냈더니
그르침만 거듭될 줄이야

하고 많은 구름 조각들을 이따금 떼어다가
금침 솜으로 상품화할 기발한 기획이 어때서
보채는 아이울음 채집하여
불임부부 폰 음향으로 상품화하겠다는 발상 전환이
실패의 어머니라는 건가

구상하는 쪽쪽
된통 퉁바리 치던 아버지는 가셨고
딱하다 끌끌 혀만 차던 어머니는 도로
내 혀끝만 바라보는 아이 되어 칭얼대시는데

여태 획기적인 상술에만 골똘하는
나는 내가 생각해도
꼭 이러려고 나진 않았을 텐데…

아직도 모르겠다
무엇을
누구 때문에 탐구하고
왜 더 욕심을 부리는지

탐하거나
누린다는 가치에
옭매인 자화상을 가끔은 되돌려 실망하고 싶다

난전

누가 촌 아낙네를
얍삽한 장사치로 만들었을까

예전 같으면 두엄에 버리거나
그냥저냥 추려 먹을 만하니 갈라 먹자던
선심용 치레기까지도
금낮게 내겠다는 데야 대책 없다만
이파리가 눅고 헤풀어져
떡잎이나 매한가지라 할
푸성귀 단 사이에 속박이하는
얄 수를 어느 틈에 알아챘을까

소담한 척 풍성풍성 부풀리는
눈치레는 언제부터 수단이었나

시골 고샅 안팎으로
잔뀌만 수북하여 팔랑이고
그 부스러기마저
털고 닦아 이고 지고 끌고 나와
땡전으로 환산하려는
기막히게 벌잇속이 무성한

새벽 장터에는
난전 아낙들의 눈초리가
자리다툼 할 때처럼
은근무례하여
눈 주기가
마땅찮아 손님이 되레 어줍다

노후

퍽 된 노인이 대형마트 지하식품매장에서
한참 시간을 펜다
어제도 그러더니 똑 오늘도

먹을거리가 제 아무리 산더미고
산해진미일지라도
내 것 아닌 남의 것
별 눈길 없이
느린 걸음으로
띄엄띄엄 돌고 돌아 멈춰선 라면 매대

무던하여 이것저것 들여다보다가
그끄제처럼
짬뽕 한번들 집었다 놨다
비빔면도 만지작만지작 뺐다 도로 끼워 넣고
불닭볶음면도 그러더니
달랑 300원짜리 라면사리 낱개비로 뒷짐걸음일세

얼마간 지나고 난 뒤 그는
멀리도 아닌
매장 밖 끄트머리

삐딱하여 버려진 긴 의자에 어렵사리 웅크려 지탱하고선
그걸 견과인양 버석버석 자잘하게 으깨네
여물처럼 오물오물 아끼면서 맛나게도 씹네
자타가 공인하는 어르신께서!

날씨마저 궂은데
벚꽃 잎은 어쩌자고 날아와
마른침 묻은 라면덩어리에 성가시게 붙는지 알 수 없다만
무덤덤하여 꽃잎마저 입속으로 밀어 넣고서
야무지게 봄을 자시네
계절아,
살금살금 더디 가라고
도대체 그걸 꿀꺽 못 삼키네

만찬

상자텃밭에
서너너덧 종류의 탱글탱글한 씨앗을 토닥토닥 심고
볼 붉은 사과 꿈을 꾼다

가까운 정 나눈이 끼리 작정하고
벌되고 나비되고
햇볕도 되었다가
빗방울도 되었더니
채마 통마다 자연을 실하게 품었다

땅에서 하는 일을 하늘이 하마 알아채고
근사하다, 착하다하여
햇빛더러 바람더러
청초한 엽채류에 과실 맛을 우려내라 일러줄 거야

서로서로 재간을 보태고
일손 애쓰다가
두루 살펴보니
나붓대는 청록색 이파리 물결 꼴이
여간 대견한 게 아니어서
까르르 웃음꽃으로

어우렁더우렁
피로를 호사롭게 뽐내고 싶다

저녁달이 휘영청 뜰 즈음, 오호! 이때가 제때다

정도 품앗이라
푸성귀를 정갈스레 한소쿠리 담아
이웃들하고
덕담을 보태어 푸짐하게 쌈쌈을 하니
아삭아삭 맛깔스럽기가 풍성하게 어우러져
윤택한 성취를 만끽하기에는
흐뭇하기가 더할 나위 없다

미지

거기는 매일 포슬포슬 비가 내리는구나

우산을 폈다 접었다 성가실 필요 없는 촉촉지근한 빗방울
그 입자방울을 마음에 담아
물결 일렁이고
파도치려면 얼마만큼 가두어야 하나

흐리멍덩히 궂은날이면 까탈지는 쌤통에
엉겁결 하늘 굿하는
스스로에 깜짝 했다만
금방 효험이 닿았는지
꽃비라도 날려주려는구나

꽃잎 주운 날
이파리를
주운 물방울에 띄워
거기 보냈더니
바로 미소되어 돌아오는구나

제아무리
꼬들꼬들 야무지게 여밈

저고리앞섶 고름이라도
스르르 젖혀지는구나

바다암초 가르고
갱도 막장 뚫고
회오리바람을 타고
음유해야 갈 수 있는
거기는
노상 비를 껴안아야
연륜향이 깊어지는구나

봄봄

봄은 일 년 중 한 계절이지만
마음 내내 있다

꽃을 곱게 피워 보여줄 소중한 사람이 여기 있어서다

새뽀얀 꽃봉오리가
열렬한 불꽃으로 활짝 피는 날
생명 추스르는 그의 아픈 자리에
꽃별이 무수히 쏟아내려
신효한
그날까지
간곡하게 기다려야한다

화사하고 그윽하며
지그시 평안하여
시집을 깍짓손에 올려놓고
아름다운 구절구절을 속으로 읊는
표 나지 않는 설핏 미소가 희망이다

그님, 봄꽃에 어찌 비견하랴

성장

목청 틔우는 갓난이의 새뽀얀 목젖을 보았는가

촉촉한 은빛 솜털이 찬연하여 차마 눈물 어린다
고운 빛 앵두 풋내가 감미롭게 하늘에 닿는다

애틋한 모성의 젖줄이 파르르 우주에 머무르니
거룩한 생명은
배시시 꽃 입술을 꽃술에 담쏙 포개어
천둥을 쭉쭉 삼킨다
덕성을 쭉쭉 키운다

하루가 지나고
새로 하루가 뜨는 날
갓난이는 아기가
아기는 그새 아이가 되고
아이는 어느덧 혼자 버젓이
인생을 유영하니
전부 소중한 아름다움이다

성묘

생각나니
소싯적
한 개의 숟가락으로
너 한 입
나 두 입
떠 넣어 우적거리던

그때 어린 너 몰래 그랬단다, 엉아란 놈이.

찌그러진 양푼에는
한 보시기 됨직 했었을랑가
서걱거리는 꽁보리밥덩이에 섞을 것이라곤
뒤꼍 단지 속 벽을 긁어모은 더껑이 된장 한술에
멀건하게 쩔은 짠지 서너 댓 쪽 뿐이었을 텐데
돌이켜보니 그게 보약이었던 것 같아, 그치?

참 맛나게 버무려졌었어, 쓰읍.

기억하니
고거나마 숟가락 반씩만 채워 자시고는
뼈 닳는 줄 알 바 없이
해지는 게 안달스러워 사이참을 흙먼지로 마셨던…

그분의 짝짝이 어깨가 거북하여서
그님의 휜 등이 볼썽사나워
멀찌감치 따로 걸었단다 나는, 너도

나 말야
아까 점심상을 접하다가
은연중 짠하여
어물쩍 허공으로 초점을 돌렸더니
옥빛 하늘을 날던 뭉개 구름에서
그들이 왜 곡두 되던지 먹먹하더라

어버이 날이라서 이었을까, 무심한 자식 놈들.

우리 합칠까,
산에 가자
탈상 후 유품입네 시고 살강 어딘가에 처박아
두었을지도 모를
퉁주발대접하고
삐딱하게 닳아 볼품없는
그 놋숟가락에
기름진 뽀얀 쌀밥을 고봉으로 푸욱 퍼 담아서
이제나마 허기를 면케 하자구나

순수

울고픈 날보다는 웃자는 날이 많은데
그대는 웃음을 잃으셨나요

그러게
짧은 것만 담아두고
복잡함에는 얽매이지 마세요

맑은 낮
까만 밤은
쉴 새 없이 돌고 돌아
비틀비틀 어지럽다가도
그냥저냥 견디고 있잖아요, 버젓이

하늘에서 하얀 가랑비가
나뭇가지에서 하얀 솜털이
땅에서는 하얀 새싹이
사근사근 가슴속을 비집지 않나요

둘러보니
들꽃도 망울지어 더러더러 피었고
닭둘기도 꾸륵꾸륵 번잡스럽게 모이 쪼고

겨우내 허기진 참새도 톡톡 덩달아 태질 해대는
봄볕이 사랑입니다

그새
옆집 젖먹이가
제 몸집만한 토끼가방 메고 아장아장 뛰노는
흐뭇한 발랄

그래서 저래서
배시시 미소를 만들자고요
더 나은 즐거움이 아니더라도
지금이 적당히 웃어도 좋으려니 수단을 꾀하면
싱겁게 피식
사는 맛이 화사합니다

실직

누가 뭐래도 좋은 사월, 무료한 한낮
쬐는 햇볕이 부셔
너무나 눈이 시려서
눈물이 따가운 줄 모르겠네

얼마만큼이나 더
허술한 가게 앞 평상에서 죽상 짓고
찾아 올 빨간 오토바이 기척을 기다려야할지
나도 내가 아는바 없다

오십 번인가
백번인가 질러댄 이력서 사진이
누리끼리하게 바랬으리라고는 생각 않는다

날일만 고집할 수도 없는
부서진 어깻죽지를 되도록 숨기고
제발 번지르르한
할일이 찾아오기를 간곡히 기다려야 한다

바람이 따듯하나 표정은 심술 맞게 찡그려지고
가슴은 퀭하니 서글퍼지나 핀 벚꽃 총총하여

여간 좋은 오후 세시

흔한 졸음에 맥 빠져 고개 떨구니
꾀죄죄한 운동화는 그마저 너덜한데
약삭빨리 지나려던 땅거미가 무슨 생각에
고약스레 헤집는 이유가 은근히 섧다

눈물이 말랐을까 눈꺼풀이 따가운 줄 이제 알겠네

슈퍼 딸린 부실블록 담장에 기대어 물오르려다 기진한
장미꽃나무 이파리 한 장이
비실대다 기어이 떨어질 때쯤이다

꾸부정한 쥔아줌마가
끌끌 혀도 차고 신발도 차며
시큰둥히 소주병 채 내미는
투박한 정이
공짜라서가 아니더라도
꿀꺽꿀꺽 목젖으로
푸른 물을 눈물이라 적시면서
내일을 야무지게 기다려야한다

아,
사월이 곧 가면
아,
오월이 곧 아니던가

양파

은하수가 흘려보낸
이슬비를
다소곳이 머금고
알속을 항성으로 겹겹이 포동 통하게 채운 덕에
몸에 이롭다는 전설이 파다해
세상의 으뜸 먹을거리에 뽑혔다는 그것

뽀얀 듯 맑은 미색
보라인 듯 자색을
조화롭게 뽑아낸 때깔에다
탐나는 풍만한 육감이 기가 막혀
가슴에 품던
헛헛함을 채우던 말던
그건 각각 뜻대로이다

친숙하지 않은
향이야 별 대책 없더라도
취하면 취할수록 훨씬 이득이라 하니
그까짓 본전 쯤
적선했단 심산으로
가타부타 허비 말고

좌우지간 섭취하여
슬그머니 우울해지는 노화만이라도
늦추고 싶다

노망이 기승떨기 전에

왕년

버스에서
족제비털 칫솔이라고 일장 위압구매를 구사하는데
근육 빠진 팔뚝에서
잔뜩 포효하는 호랑이문신 스티커 부분 중
한쪽 귀때기가
대책 없이 슬쩍
순식간 눈치모르고 꼬물거리자
찰나포착에 능한 남학생이 피식 비웃음을
숨기려는 가소로운 표정이
난처하고 거북하나
즉시 한눈에 깔아뭉갤 수는 뻔하다

야바위꾼이 아닌
슬픈 듯 고압적 표정도 부지런히 관리해서
건전한 상행위라는 자부심도 이미 꾹꾹 챙겼다

'호텔 나이트클럽 칼부림사건은 보도를 통해서 다들…'
'더는 차가운 감방에서 썩지 않게 도와주시…'
억지공갈에
승객들은 멈칫하다가
도망간 처는 미워도 깜찍한 딸내미는 남 못잖게

잘 키우고 싶다는 애잔한 설득이 제대로 먹혔는지
몇몇 여성은 찝찝하게 지갑을 열었다
학생 앞에도 디밀었더니 마지못해 갈아주네

차창 밖으로
도로변 인도 따라 가지런하나 조붓한 화단에 울긋불긋
앙증맞은 봄꽃을 옮겨 심는 근로아낙들 중
유난히 본데없는 아내가 호미 쥔 채 허리를 토닥여
꾸무럭꾸무럭 허리 펴는 꼴이 쭈볏 반가워
왕년의 나를 까먹고
무심코 손짓을 까불거리려다가 얼른 접었다

칭송

우편함 입에 물린
사각봉투는 영락없는 청첩장이라
시투렁이 펼쳐보다가
파르르 신선한 감동이 일렁이다

"우리는 지난 5월 7일
혼인서약을 하였습니다
오늘 이후
평생을 부모님 닮은 백자처럼
흠 없고 남세스러움 없이
화목한 가정을 꾸며
보듬어주신 그간의 혜택을
되돌려 드리는 마음으로 살겠습니다
아량 담아 마음으로 축하해주세요"

이런 결단이 어디 예삿일인가

지혜가 겸비된 점진적
혼례문화의 단면을 선행한
선남선녀에게 건네줄 축의금은
올바름에 대한 칭찬을 아우르는 격려 메시지일 뿐

입때껏
마른하늘을 적이 원망하다가
정갈한 영혼의 소낙비를 흠뻑 먹었더니
꺼슬꺼슬하던 입안이 청량하여
내내 맛깔나다

텃밭

어머니의 손맛은
볕들이 짧고
바람도 얇아
막 버려진
탱자나무 울타리 밖
한 뼘 남짓
자치래기 텃밭에서 났다

언 땅이 녹기도 전에
사픗사픗 일구고 가꾼
얄푸른 잎채소는
촉촉근한 젖이었고
속살이 탱탱한 열매채소는
달착지근 풋 향 가득한 꿀이었네

잊고 있었지만
꼭두새벽
별이 내려앉은 자리

반짝이는 잎사귀에
초롱초롱한 꽃다지마다

두텁한 정성손길로
푸지게 가꾸었다네

찬찬한 사랑이 담뿍한
파인 밭고랑은 그의
맨발자국이다

회상

여태껏 견뎌내고는 있는 걸까
행여나 숨줄이 빼그러지지나 않았을까

논두렁 돌미나리 향긋하게 진동하고
보리밭 이랑에 둥지 튼 종다리는 실하여 푸득거리는데
네 행적을 아는 이 도무지 무심하네

꾀죄죄하기야 너, 나 오죽했으랴
주접하기로는 내 쪽이 더 했을 거야
그 짝은 덤벙지기가 선머슴 영락없었지만
나야 숙맥이었잖아

길턱에 지천으로 핀
토끼풀꽃을 따고
아카시 꽃송이를 후루룩 훑고
포릇한 나뭇가지 새순도 꺾고
솔방울이 품은 송홧가루도 탈탈 털어
양 손바닥으로 요래요래
야무지게 버무린 모둠 덩어리를
주먹밥이라고 볼테기로 밀어 넣어주던…

호박잎에 보리개떡 한주먹 건사하여
아깝잖게 건네주며
“나 낼 서울 가. 식모살이래…”

깜냥깜냥 덜커덩대던 철부지도
그새 반백년을 홀랑 까먹고
그 길섶의 흔적을 기억하려자니
화들짝 꽃 주먹밥이
눈동자로 빨려드는 통에
옛 맛이 푸지게 다셔지네

신춘

나는 안다
겨울이 깨끼발 걸음으로 가고
봄은 새털구름을 타고 오는지를

능선 잔설이 시샘하듯 느릿느릿 녹지 않고 버텨도
움트는 하얀 솜털이 보송보송한 연두빛
쑥 싹을 숨기기에는 가당찮고
냉이는 살얼음을 쪽쪽 흡입하여 자양분을 채울 즈음

누이는 마른풀 타고
이고랑 저능선 호미 잡아
폴폴 풋향기를 바구니에 채울 제
구름도 누이 엉덩인 냥
몽글몽글 너울너울 여유로운데

발밑의 아직 남은 찬연한 잔설은
그녀의 발짝을
미끄러트려
자꾸 봄소식이 더디 더디네

꼴값

하, 달팽이가 걷다
헉, 거머리가 난다
헐, 누에가 뛴다

어, 지렁이도 뜨네
엇, 쌀바구미도 뜀뛰기를 하네
엥, 잎사귀를 턱없이 갉던 사슴벌레도
허우적허우적 구루네

오, 금꽃가루 개칠한 꿀빳지 쟁탈전이 가관인가벼

칫, 구더기가 뒷간을 벗어났다고 나비되고
쳇, 애벌레가 용쓴다고 참새 되나

캑, 굼벵이가 제아무리 뒹군다고 하늘길이 열리겠냐고

2부 여름

장마가 지려나
삭신은 노곤한데
신록에 향취 하여서인가
정신은 풋풋하게 말짱하여 참 좋으이

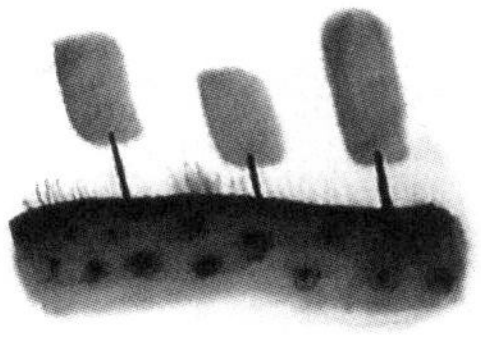

가뭄

바람도 더러는 속상할 때도 있겠다

산천초목도 타고
짐승도 헉헉대니
인정도 메말랐다
봉기들 듯 아우성이다

두렁건너 산 넘어 바다에 머문
회오리라도 일으켜
폭풍우를 몰고 올 재간 없어
상심 깊겠다

쉽게 우를 범했던
인성 못난이들은
반성의 기도가 얄팍하여
여간 아쉬운데

아주 조금
그나마
바람이 결을 보태주니
다행이다 여겨야지

감질

잿빛 하늘, 그러나 기대에 겨워 심정은
파랗게 맑아집니다.

감사하게 넉넉히
인심 쓰듯 흡족하게
빗방울을 흩날려 준다면
여북이나 은혜롭겠습니까마는…

여자여
좀 이따 가랑비라도 내려
촉촉이 젖은 여린 풀포기가 풍겨내는
물씬한 흙향에
사근사근 취하여
감성이 보글거리거나

임 마중에 애달아
우산 없이 삽짝 바깥
먼발치 허공에 초점 두고
자박자박 맴돌아
고즈넉이 사색에 골똘 하신다면
기꺼이 비옷을 대신하여

곁 풍경이 되어 드리겠습니다.

그깟 볼품이 대수인가요, 내색 없음에 흐뭇하지요

여하간 기우제라도 지내야 될지언정
이런 우중충한 날
돌이켜 볼 추억을 마름질하여
가끔씩
시큼떫큼 음미해 봄직 하잖습니까.

마음은 그새 회색구름 저 편처럼 새파래집니다.

곤궁

고슬고슬 갓 지은 보리밥을 바가지에
나우 펴서
두서넛 푸성귀에
고추장 한술 푹 퍼 담아
썩썩 비비다가
숟가락이 휘어져도 나 몰라라
야무지게 입안으로 밀어 넣어 씹는
알싸롬한 식감은
건건한 듯
맵고 씁고
칼칼한 톡 쏨이
한량없이 포만하였던 그때가
도렷이 더 넘차다

지금
수십여 년이 흐른
세상 뒤켠에서
되건 말건 죽살이로 여태 버둥대는 처지여서
본정 통 여느 프랜차이즈 치킨집 앞
통나무 의자 바닥에
반의반에 반만 베어 떼고

버림받은 닭다리를
버릇처럼 집어
입에 넣으려니
맙소사
이딴 것조차 입맛 다시는 어머니가
조명 사이로 배시시 뜨네요

"엄니, 몽총해 마시고 자요, 한 따감 하시것슈?"

귀결

여름나기가
겨울보다 싱거운 줄 알았어

헐렁한 차림에
부채나 건드리면서
수박 한 쪽 물 한 바가지면 하루요
매미소리 멍멍하게 귀담으면 한 달이고
꽃맺이 꼬맹고추 짙붉어 약 오르기 석 달인데

그러긴 하겠다만
이제나저제나
찜통더위가 감당 안돼
흥건하게 돋아나는
살갗의 진땀을 맨손으로 훔치니
앙상한 뼈마디가 달그락달그락 가련하이

분감자로 옹심이 빚어 식욕 돋우고
보리콩밥 몇 알 호박잎에 꼬들꼬들 쌈 싸서
세월을 께적거리다보면
어물쩍
갈바람이 밤송이를 까고

귀뚜라미는 짝짓다 딴 짝 소리에
기겁하여 나뒹군다 했다

우라지게
허탈했던 하계가
추계라면 탐탁할까

쭈욱 하던 대로
먼저 나서기보다는
기다리기보다는
마중가기보다는

아서라, 아서
예민해진
철 철마다
무덤덤하거나
만만하여
예사로운 말년의 싱거움을
겨르롭게
맛 들여야지

내공

부럽다고
다 이뤄지는 것이 아니듯
갖고 싶다고
모두 얻는 것이 아닐지라서
물욕을 볼모로
이기와 사행을 일상화하는
여느 무리들의 득세에
헛웃음을 날려줄 배포를
키워내는 것도 베풂이다

이따금
심상이
께름하거나 시끄러운 날에는
해발에 관여 말고
무작정 산을 타고 있는 지혜를 감탄하여
스스로에 소스라쳐보자

거기에서
자태가 고결한 듯 절개가 확연한 듯
위로 위로 곧게 곧게 뻗어
산등성을 의연하게 지배하는

박달나무와 마주하거든 하늘을 보라
가지에 구름을 널고
산새에 잎새 시소가 되어주어
넉넉하게 유심하여
단단한 내공을
흡입하는 청량함에 기절할 것이다

깜박
주제를 망각하여
주변의 수목들에 추파를 던졌다거나
속세에 순응하였더라면
다듬이 방망이나 홍두깨, 빨래 방망이는 차치하고
제까짓게 감히
육모 방망이는커녕
디딜방아 공이가 되고
절구 공이가 되었겠어

누구인들 도깨비 방망이를 탐하지 않았겠느냐고.

냉면

배곯은 성자들을 구원하려고 어디서
어떻게 떼밀려 유래되었건
따질 기세도 소용하기 아까워
허기진 뱃속을
그득 채울 그들에게
베풀 요량뿐이다

마닐마닐 그 미끈한 식감을
못잊어 안달 난
걸신들의 토속적 입안을
사계절 희롱하는 재미가 오지다

평양 것은
새콤달콤 시원하기가 여간 아니겠고
함흥 것은
맵고 짜고 시큼달큰하기가 으뜸이라
게걸을 부르게 뻔하지

길다랗하여 그지없는 맵시를
느긋하게 음미할 여유마저 팽개치고
찔기둥찔기둥 아작 내는 식탐에

까짓것
한 양푼 옹골차게 바치니
형편이 턱없이 버거운
그 누구든
가차 없이 탐하라
속 시원히 넘겨줄 테다

바램

쪼르르 왔다 간거니
초록이 선선하다 싶더니 쉬이 지나가버렸네

더러는
사소한 것이 간절할 때가 있는데
이 무더운 지경에서
바람이라도 바램대로 놀아준다면
우선은 더 바랄게 없을 판

만물지영장이 악독할리 만무하고
자연을 백해무익하다 할 저질도 없는 국면에
근자에 심상찮게
재해가 무슨 까닭으로
기승떠는지
활동하기가 거북하다니까

그런다고
이유 있는 진노로 가닥 잡은 신령이
허접하게 꼬인
세상 이치를
굽어 살펴서

열은 바람이나마 날려 주겠나

따져들자면
지구 존재 이후
까뭉개기가 어지간했겠어

변명여지보다 반성할 소지가
수천수만 가지더라도
생명은 존속되어야 응당하지

진실로 바라고 정성이 하늘에 닿는 날
성에는 안차겠지만
믿는 구석이 엿보여
간들바람이라도 불어준다면
만물이 까불까불
신명을 다 할 테니
그보다 더한 선처가 어디 있겠소
아니 그러우

배짱

아내는 넌더리를 내는데
윗목에서 여전히 뭉개고 있음

그때 누가 꾐에 홀라당 넘어 오랬냐는
유치한 똥배짱은 절대 아님

하늘에 구름 낀 날이 없을 수 없듯이
어언지간 사십여 년을
지지듯 태우고
볶는 듯 튀기고
울그락불그락 하면서도
서로서로 필요 하에 동반하지 아니했던가

구새만큼 자책감이 죄민스러워
아랫목을 통 크게 내주고
여한 없이 탈탈 털어 주고서
주시는 대로
하자시는 대로
얄 짤 없이 설설 기는 게 이만한데
무엇을 돌려놓으라고 투정인거야

심보도 고약하지
앵두가 물러 터져 흉하거나

꽈리가 째져 너저분한 비닐봉지 꼴은 파악 못하고
예전그대로 물려놓으라느니
여태 부려먹은 품삯을 결산해 보자느니
생떼거리를 쓰고 있음

번주그레했던 세월의 자취를 지울 수 있는
지우개가 설령 있다면야
냉큼 사다 벅벅 지워버렸을 거야,
솔선해서

난들 좋은 기억만 있어서
미적거리고 사나, 뭐

함께한 과거가
지지리도
억울하고 분하여 손해나서
북북 긁어내고 싶다는
지청구로 날마다 투덜투덜 빠댄다면

좋아, 좋다고
좀 더 속 썩어 볼 테냐고
윗목어깃장의
구태의연함을 덤덤히 오래오래 보게 될 것임

생뚱

네 살 외손녀는 방긋방긋 웃음 뭉개기를 잘하는데
천방지축 까불대는
일곱 살 언니는 따박따박 알근 체가 제법이기에
총명한 내 강아지 커서 무엇이 될 것인고
넌지시 물었더니
대뜸 "대통령, 박근혜"라데
그렇지 암, 그렇고말고.

허나, 아이가 일곱의 열 배가 될 즈음이면
그 직책은 선망이 아니라 버겁고 성가시기만하여
천덕꾸러기 감투일 줄 모르기도 하지

온 누리 금수강산 자락마다 희희낙락 불꽃축제로
노상 살맛나는 세상이 머잖았으니
설령 제 차례가 오면 어쩔까나
조바심에 골몰하다가
여차하면
달나라로 이민 가겠다고
설쳐대는 호기로운 작자도 적잖을 거야

우주여행에 멀미 난 선량끼리 서로 앓겠다고

밀당만 하면 하, 어쩐 다냐
그땐 도리가 없지
기꺼이 내 외손녀라도 나설 밖에

장마가 지려나
삭신은 노곤한데
신록에 향취 하여서인가
정신은 풋풋하게 말짱하여 참 좋으이

애정

그 여자 옆에 서있기만 해도
들꽃 마음이
시詩에 묻어
향긋하게 폴폴 파고든다

이상도 하지
번연히 본디 그대로인데
라일락 향을 닮아 은근하게 고와서일까
번번이 주눅 들어 사족을 못 쓰겠네

어느 날은 적색 튜울립 꽃무늬 원피스를
그제는 파란색 카디건에 노란민들레무늬
어제는 빨간 짚업 티셔츠에 진청바지가 훨씬 어울려
넋을
송두리째 빼앗긴 하얀 여백에
사뭇 흔들리다가
놓친 시선 따라
도수 없는 단술에 취한 허송의 하루였다

그렇듯
내게서 여느 낌새라도 풍겨

봄날 같은 가을을
가을 같은 봄을
정겨운 희열과 전율로 휘감아 읽을
감성을 풀고 싶다

다만
그녀에게 어깨를 내어주고
우아한 자태가 그려지면
순박한 싯귀를
읊조릴 그날이어야 말이지

새벽

새벽달이 차니 그 여명은 산뜻하다

먼동 틀 이맘때면 초롱초롱 피어나는
영롱한 이슬몽울만을 호흡 담아
활력에 용솟음치는
청초한 꼭두머리

아침노을 창연함이
온몸 마디에 속속들이 채색되어
유순한 기운을 일깨우는
참 좋을 아침

뻔히 고만고만한 일상이네만
오늘만이라도 심취에 녹아
열심하라 산새마저 지저귀어 격려하는
또 하루의 시작점

스멀거리는 어제의 잡다한 기억은
텅 빈 허공에 헛돌게 하고
맑디맑은 세상이라 일러주는
아, 오늘

앵두

별 좋은 날이면
얄푸른 꽃맺이를
빠작빠작 살찌우려니
여간 고역 아니지만
고요하게 저문 넓은 세계에
별들이 피면
딸랑딸랑 방울을 흔들어
친화적인
착한 야행 것들이
옹긋옹긋 모여
나름의 영양가를
넉넉하게 보태고 채우는
작용만으로도
더없이 튼실하여
불그스레 영근 자태가 남아
돌맞이 기록사진에
또렷한
그 불알인양
그 알맹이가
탐스러운 상황에서
입에 넣기란 참 아깝다

웬수

벼락 맞을 짓을 했던가라고 고뇌하는 척
티 나는 사색은 건방지고
일순간
하마터면 직방일 뻔했네

섬뜩한 번개가
예배당 피뢰침으로
유야무야 꼬리 지운 건
무조건 아내 덕이다

성경책을 불구덩이에 버리기를 여러 번
옹알옹알 찬송가 구음 짓에
침 뱉기도 족히 대여섯 차례

주구장창
늙은 늑대 죄를 사하여 주사옵고
불시 찰나에 닥칠
머리꼭대기 낙뢰를 면케 해주십사
평안무사를 소원 했던가
부질없는 마누라쟁이의 좋알거림이.

빠지직 내려치는 청천벽력이
겁만 주고 당장 꺼져주니
이것도 아내의 기도 발이었으리라 믿어야 되나 싶네

소원이 기도고
원망도 기도에 구걸하는
저 꼴이 차마 미심쩍어
어깃장으로 번개나 불러볼까
낙뢰에
내 꼴이 나자빠지거나
꼬꾸라지거나
자지러지나 보게

유월

언덕에 서서 바람을 맞아 보았나

되돌아 기억이 머무는 곳
그 사람이 거기서 울고 있네

격 없는 천둥이 하늘을 가르고
때 아닌 우박이 가슴을 때리던 어느 날
여러 해 사랑을 꾸미다
인연 다 한
그해 유월은 을씨년스러웠지

숨이 막혀서
토할 수조차 없어서
눈까풀만 가냘프게 떨었던가

어떠한 대처 요령도
위로의 변명을 구성하기가
서툴러서
미안하다 또 미안하다
꼭 부둥켜안고 겹에 질렸던
미숙한 성장통

그때서야
바람은
밖에서 뿐만 아니라
안에서도 분다
알았네

성숙된 이제
둘러보는 세상 언저리는
사방 초목이 푸르며
나는 새도 오동포동지고
양떼구름마저 푸근한데
뜬금없이 언덕에 올라
바람에 흠씬 두드려 맞고 보니

그 사람을 꺼내어 나뒹굴고 싶다

보고픈 걸
그리운 걸
몹시 사무치는 추억을
그렇게라도 들추고 싶은
가슴 설레는
유월

인형

다 큰 어른도 가끔은 인형을 좋아하지

요새 것들은
간수하기가 여간 편한 게 아니야

팔등신 여인을
차곡차곡 파우치에 접어 넣고 다니다가
귀여움 주고 싶을 때나
몽상으로 뒤척이겠다 싶을 때
밑구녕 공기주입구에
큰 한입 후우후훅 생기를 불어
그 속을 잔뜩 채우면
탱탱한 글래머스타도
멀찍이서
간택의 순서를 기다려야 될걸

쉽게 표현하자면
아주 죽여주는 요물인 게지

라텍스 소재라 탄력에 무뎌질 뻔한
감각이 소름처럼 돋아나고

기계음일망정 자지러질 듯
홍분의 애틋함이 그렇게 맛날지
당초엔 정말 몰랐어

인형이 고맙다
참 고맙고 말구다

그간 어지간히
의지가 될 수밖에 없었던 속사정이야
부인 않겠다마는
한 세기 후한 꽃값 대접받던 죽부인은
지극히 당장
찌그러져야 마땅한 게 아닌가

조언할까, 죽 여사!
일생 소임을 다 했거든
미련 있다 미적거리지 말고
어여
쌈박하게
지옥고의 불쏘시개라도 되시게

조언

죽부인을
어루더듬어 살포시 껴안고
그 짓을 상상하다 잠이 든다면
없는 마누라만큼이나
기름진 숙면 그 이상이라서
기침할 때 개운하다고
어느 멍청한 눔이 글쎄, 그러데

콩닥콩닥 뛰는 설렘도 없이
속은 텅 비었고
냠냠 쪽쪽 빨아 댈 주둥이도 없지
조몰락조몰락 비틀어 줄 젖꼭지가 다 뭐야
사력 다해 짓문질러 볼 궁뎅이도 무관한
나무껍질 형편 따위를 말이더냐

여보시오 들들
다행히
여름밤은 길지 아니하니
기왕에 있는 삼베 홑이불 덮고
개뿔
양머리나 시큰둥이 세다가

깔딱깔딱 뒤치락대다 보면
밤새 거무튀튀했던 어둠살도 벗겨질거니
그게 되레
몸 축나지도 않아
헐 낫지 않겠는가 싶어
그럭저럭 견뎌 볼만 아니 하겠소

중독

냉면도 아닌 것이
그럴 듯 척하는 막국수가
심드렁하다만
맛의 애정은 살폿하다

첫 식감은 텁쓰름하기도 하였거니와
뚬벙뚬벙 끊기는 게 시답잖아
짱당그리며
뒤돌아서니
어라, 묘하게 입맛이 다셔지다

비온 날 뒤끝
후덥지근하여
탁주 한 사발 켰더니
오호라, 내처 까끌한 그 감각이 그립다

네 맛 내 맛도 아닌
퍽도 신통찮은 국수가닥인 주제가
중독성은 강해서
입맛의 흔적을 지울까 궁리하다가
뜨끈한 면수에

똑똑 간장 몇 방울이 홀랑 빠지면
덩달아 기가 막혀
냉면류에 끼워 달라 따위는
애시당초 생략하고
널널하게
메밀꽃 향을 음미하기로 했다

해갈

엇
빗방울이 떨어지네
비 오네
빗방울이 굵어지네
비 오시네
장대비가 당당하게 내려치네
거룩하시네

단비는 생명수 되어
금세금세
샅샅이 물길 잡아
흥건하게 물 먹이니

아
조선천지
방방곡곡
함박웃음 꽃이 방방
만발하겠네

3부 가을

다쳤나 죽었거나 관심 없이
오로지 무료하고 끈적끈적한 삼복 한더위
오늘이 어제 되듯
내일이 오늘 되면 그새 입추네

가을

그저 좋다, 가을은.

낮에
아주 먼 쪽이던
가까운 곳이던
바라보이는 어떠한 것이라도
죄다 너끈하여서
꼬박종일 느슨히 왔다갔다
자유혼이라 더 풍요롭다

야심에
총총한 항성무리에 홀릴까
작은곰자리별에
앳된 사랑이나 홀려볼까
까매밝은 덩그런 보름달과
기와지붕에 얹힌 호박덩어리와
뽀얀 때깔을 견주어보더라도
둘 다
호벅지게 탐나는
가을이 정말 홍타.

단풍

한철 꽃이었더라면
이만한 열정적인 꽃다움이 어디 있겠는가

우거진 숲에서 딴 맘 없이
벌레 키워 산새 배불리고
그늘 드리워 쉼터 꾸렸던
알록달록 색채 계절이 말짱 헛벌이었나

절정이었다가
바닥으로 뒹구는 입장에서
못마땅할 사연은 굉장하지만
고지식한 숙명이었던 것을 어쩌랴

밟히는 것마다
노을빛 짙붉어 때깔은 다채롭다한들
군데군데 긁힌 자국이 흉한
낙엽이라 전락하는 그 현상부터
썩어지는 것이 순리라네

지는 해 꼬리 짧다 원망해 본 적 없는데
이미 운명은 퇴적물이거늘

발효되건 생성되건 간섭 말고
그간 영욕의 세 계절이나
되 돌이켜 음미하다가
오스스 삭풍에 한기가 돌면
남은 하얀
한 철을 그윽하게 품어
욱실거리기라도 해야겠네

담대

고래 잡겠다고 바다에 섰다
망망한 수평선 위로 벌겋게 번지는 아침노을을
뼈 속에 사위고
작살 끝을 송곳처럼 갈았다
별처럼 시리게 벼려야 살아날 수 있다

그리고 배포 찬
출전의 이날을 기다렸다

멈추지 말아야한다
느슨했던 충정을 되풀이 말아야 한다

지루했던 자괴감 따위나 두려움은 없다
불확실할 것도 없다

일전을 목전에 둔 장수는 우직하다
늠름히 맞서야 한다

작살 맞은 고래
심장에서 흐르던 핏물이
아가미로 토해야

환호할 사정은 충분하다

그래야
그래야만
저 망망대해에 우뚝 선다

당부

네가 밉다

세상경험이 얄팍하여 조마조마하던 차에
웬 선머슴을 넙죽 꿇리고
해맑은 표정으로 떠나겠다는
통보가 기막히다

설령
쭈뼛쭈뼛 쑥스러운
척을 하였더라도
별반 다르잖았겠지만
돌이켜 볼수록 심통이 난다

하늘 땅 바람
새 들꽃 홀씨
그 벗들에게 붙잡아 달라는
넋두리가 어떤 소용 있겠나

고약하기는 해도
찰진 미련의 끈은

싹둑 잘라버리고
애지중지 스물여덟 해를
고스란히 기록한 사진첩이나
침 발라넘기면서
감상하는 되풀이에
취미를 맡기기로 했다, 짠한 눈물을 감추고

미움이 깊을수록
새록새록 애틋하겠다만
네 선택이
정녕
축복이자 행운인 것은
옳았기에
여념 품지 말고
넉살좋게
새 생활의 본바탕을 애증후박 하여라

따분

뙤약볕에
고추는 붉디붉게 얼얼 고아지고
빨랫줄에 드레드레 감긴
호박고지는 말라깽이로 뒤틀려
수명을 재생시키는 건 상관없다
제들 몫의 몸부림일 테니

우두커니
아무거나 살펴보자니
화단에 제멋대로 자란
몇 포기 깨 순 이파리를
번질나게 촐싹이던 참새가
애벌레를 희롱삼아
건성건성 바람 잡네

이도저도 보고
이 저 궁리궁상도
바로 싱거워
무심결에 주워 던진 돌멩이에
오무락오무락 대던 굼벵이가 맞았다

다쳤나 죽었거나 관심 없이
오로지 무료하고 끈적끈적한 삼복 한더위
오늘이 어제 되듯
내일이 오늘 되면 그새 입추네

어물어물 여름도 거지반 지났으니 참도 허하이

마감

어머니 손을 꼭 잡고
바람 타러 가는 날
나오길 잘했네

몇 번이나 보채도
도대체 뭐하자는 건지
공허하여 예예만 되뇌다
나오길 잘했네

바람도 차고
어머니 낯빛도 환하게 차다

집어서
정해진 곳이 어디인지 아리송해
아무 행선지 버스에 몸을 두고
차창을 열자
바람은 어머니의 몇 가닥 머리칼만
성글성글 빗는데
쭈글쭈글 만면은
공손하여 맑아도 하얗게 밝다

가만히
예사롭게
잡내 밴 심신을 털고
평생 엉겨 다니던 고통도 털고
무상했던 생의 여분도 털고

바람 턴다는 게
겨우 알듯 말듯하네

어디만치 지나치고 있을까
물끄러미
휭휭 스치는 산수풍경이
감격어린지
눈물 서너 방울 글썽 맺더니
스르르
잡은 손을 놓치네

그게 다다

막춤

전자굉음이 발광하는 관광버스 안
미치광이들은 결코 아닌데
야생마처럼 날뛰는 머쓱한 광경

젖가슴을 흔들어 개숫물 잡내를 털어내나
되록되록 처진 엉덩이를 뒤틀어
원초적 애욕을 태워내나
머리채를 까불어 열등한 현실을 벗겨내나

표정은 천생 웃지만
드려다 볼수록
끓는 열불은 쉽게 들키리만치 열렬하여
눈 맞닥뜨리기가
잠깐 거북스럽다만

익숙하지 않은 놀이가
어렵쇼,
몸에 맞을 때
새살이 돋듯
이채로운 감성이 흥미롭겠다

지칠 수 없는 까닭이야 저마다이지만
진탕만탕 신기로운 뜀질이
악산타기보다 고될지라도
그날 신명 한바탕으로
쉬고 싶은 평화를 어지간히 취했으면
다들 흡족했으리라

이래도저래도
세상은 살맛이라야 재미지다
야호!

바람

흙바람이 분다
헛바람이 난다
살바람이 스친다
칼바람이 파고든다
왜바람이 흩어진다
밤바람이 제풀에 머물다
맞바람에 비로소 사라지다

흔적을 태우기커녕 됩다 어수선하게 흘리고서는…

허풍이 아니라
잘 날 없는
과욕 때문에 꼬꾸라진
내가 심란하니 아프다
야속하게
옆 사람도 덩달아 아프다

나날이
어찌나 삭풍이었던지
폭풍이 몰아칠 때도
염치없이 납작 엎드려
허세만 키웠던

여러가지 등등으로 주접 들어
굉장히 아프다
통풍에 쓰러진 내 옆 사람은 오죽하겠고
그의 옆옆 사람까지도
줄줄이 오한을 앓는다

끊임없이
가장자리가 스산하고
주구장창
한복판 바람은 걷잡을 수 없다

사모

허기져서 길섶의 풀을 뜯어 물다가
길을 베고 눕는다

저녁노을은 고운데
땅거미는 구슬픈데
그끄제가 아련한데

그렁그렁 눈시울만 젖을 뿐
애달파 가슴팍만 아릴뿐
모습 닮은 초승달만 시릴 뿐

목은 추기고 싶은데 딱히 일어설 수가 없다

취하고 싶을 때
취기가 동하지 않는 비애가
그리움 때문만은 아닐진데

이 길
아니 그 길
저기 저 쌍갈래에서 놓아버린 손

주정인척 휘청거리는 저만치가
막다른 낭떠러지였으면…

급살 맞은 결
그 길벗에 건넬
떠지꺼릴 것은 하도 많은데
사뭇 일어서서가 메슥거려
누운 김에 이대로
길바닥에 생전 나뒹굴었으면 좋겠다…

성찰

지평선을 본 적 없는데
눈감아도 훤히 알만하다
축복이 광활하다는 것을

수평선도 본적이 가물가물한데
기억 닫고도 까마득히 실컷 보았다
시선 머무름은 끝이 없다는 것을

마음 깊이를 재 본 적 없는데
슬펴보니 단박 알 수 있겠다
어지간히 헛물켜며 살았다는 것을

철마다 계절 바뀌는 줄은 아는데
여럿이 다른
이외의 가치를 포용할 줄을 몰랐다
어리석은 한낱 짐승이었던 것을

누군가에게 꽃 한 송이 대접 않고
받은 국화다발에 향기가 수북하다

알겠다,
두루두루 진 빚이 징벌이라는 것을

고요

적적한 옴팡간
음습한 시렁
느긋한 마당
자잘한 뜰의 풀꽃
한적해진 헛간
가지만 날랑 거리는 감나무
나른한 먼 산 뜬구름

갈건이랍시고
곡식들을 수수히 한데 모았는데

거기
자질구레 널린 북데기 따위를 깔아뭉개어
낮 탁주에 엔간히 쫄고 있는
추레한 사내가
뉘엿뉘엿 막연한 우울이 성가셔서
쉽게
입술 마른버짐이나 게적지근히
뜯어 쩝쩝 다시는
어느 빈농의
느지막한 가을 시절

숙맥

우두커니 하나, 둘, 셋 숫자 세고 있는데
기억 어디선가 숨 고르고 있던 그녀가
불쑥 상상되어지니
그리움이 아른거려 눈시울이 시큰,
가냘픈 신경이 파르르
온몸으로 퍼집니다

바람 불던 날 가슬가슬해진 머리칼을
손빗으로 고르게 쓸어주고 싶었는데
건너던 돌다리를 흔들어 개울에 빠트릴
개구지고 싶었는데
시린 발자국으로 눈꽃 그려 해맑은 칭찬
받고 싶었는데…

덜 여문 추억들을
마음 한쪽에 차곡차곡 쌓아두고 기다리면
맺어지는 줄 알았고
반듯하게 바로서면 찾아올 줄 알았던 얄팍했던
그 시절 순정

흔들리던 성장통을 밤새워 앓아주던 순진한

그 감정이 그런 거였구나
이제야 흠모라 분별하다니
아직도 먼 철부지 어른은
소싯적 애타던 사랑을 오늘도 익힐 줄 몰라
쭈뼛쭈뼛 지근거리기만 합니다

이러고
콩닥거리는데도
진실한 애정일까 긴가민가하다 하여
애꿎은 연필심만
쪽쪽 빠는
숙맥이 여기
멍청히 죽치고 있습니다

뭘 서둘러야 하는지
왜 사는지도 모른 채

습관

길을 걸을 때 바닥만 보고 걷는다
헛 틈새로 빠질까 봐

엉뚱한 방향으로 틀어질 염려 적고
헛디딜 경우도 드물어
깐깐하게 긴다

언제부터였는지
빳빳히 고개 쳐들어
앞만 당당히 바라보기가
도통 무색하여
땅과 대화에 통달한 거사 흉내로 길을 걷다가

간간히
꾸불꾸불
찰박찰박 따위 걸림돌은
여간일처럼
실패도 슬근슬쩍 터득했던 바 있고
달콤함도 어설프게 밑간은 본 터라
걷는 길이 그리 어색 없이
평온하여 행복은 덤으로 얻어지던데

오호
백 원, 오백 원짜리
동전 줍는 운이 잇겹치는
그날은
건너오는
바람마저 땃땃하더라

아내

아내는 계절도 모르고 늘 밭 갈러 새벽을 뛴다
찐 달걀 두 알을 찬물로 목 추겨가며 끄윽 삼키고
부랴부랴 통근버스를 탄다

이만한 일에 지칠까
되도록 창밖의
반짝이다 곧 스러질 별을 헤아리다가
어느 겨를에 통장의 잔액을 곰곰이 셈한다

허줄한 지아비가 시래기 국에 밥 한술 굼뜨는 게
밉살스러우나 처량하다하여
돼지후지 살 한 점이나마 얻어 보하여야겠다는 요량으로
나선 일이
그럭저럭 세 해를 났으니 내다보는 이도
그가 어지간히 대견타

공장 텃밭머리에서
팔뚝만한 무도 치고
궁둥이처럼 뽀얀 배추속도 더듬고
빨갛게 속살 버무려 가슴으로 익혀낸 김치가
잘난 자식보다 훨씬 낫다는

공갈을 누가 모를까 만은 시름 놓는다

그만한 나이에 절단 난 곳이 어디 한두 군데이겠나
참고 살며 견뎌내야 한다는 것이
삶이라는
숙맥 같은 숙명을 안고 여기까지 왔을 아내가 애처롭다

어느새 어둑어둑해진 늦저녁이 지나서야
퇴근버스에 털퍼덕 지친 몸뚱이를 내려놓고
어스름히 내다보이는 실한 배추밭의 포기를
세다가 놓치면
새벽에 다 못 센 창밖의 먼데별을 꼼꼼히 찍다가
다시 헷갈려서
당장 헐어 써야할 밑돈을 곱하다가 꾸벅꾸벅
내일 일은 내일 걱정키로 미루고 지그시 눈 감는다

용서

밤마다 눈을 감으면서
아침에 기지개를 켜면서
반성한다

꾀를 사랑했나
아내를 사랑했나

정녕 햇볕을 쬐일 자격은 되는가
고즈넉이 달밤을 노래할 감성은 지니고 있는가
볕받이처럼 고마워하였던가
별처럼 어여삐 품어 주었던가

허구한 날 독불장군인양
뭉개는 데만 수완을 보였을까
주구장청 지혜로운 뜻을
구박하고 매몰차게 팽개쳤을까

거울 속 제 몰골은 채신머리없으면서
곱고 단아한 그녀를 인생의 개평이라 여겼는데

부질없는 무능이었을까
자존심의 발로였을까

사랑은 정물화도 아니었고
생활은 추상화도 아니었건만

눈물 훔친 앞치마가 헤아릴 수 없을 텐데
일그러진 내 몸뚱이가 버팀목은 아닐진데

생전 윗사람이라 귀히 받들어
꾸짖지 않는
해박한 너그러움이
어수선한 수컷의 잔머리가
정화되었을 것이라는
어수룩한 낌새만으로

화해의 빌미가 될까
두루뭉술 사하여 줄까

인내

사랑은 달콤한 열매며 고소한 씨앗이라서
쪽쪽 빨아 덥석 물고 늘어졌던가
어설픈 그대들이여
만만하여 쉬운 게 행복이라면
실상
여느 사람이 킁킁 콧장단에
덩싯덩싯 흥겨워하지 않으리오

하루 이틀 이 태 십여 년
인생을 너저분하게 까먹고 있는 동안
상대 탓에 열불 나고
애물 건사하다 도진 울화병하며
날큰날큰 헐거워진 적자가계에
속절없는 뻐대의 주검이 아련하여
발 벗고
쉴 여력 없는 속물들은
여전히 저물 자리가 없을 터

고단이 고만하기까지는
된통 가시덤불뿐이니
당최 감당 못할 선택이

부부갈등 봉합이라 곱씹으며
허탈을 등짐지고
무던히 앞장 설 수밖에

이제라도
남남이 백년해로한다는 것은
쉷고 맵고 짜고 싱겁거니 깨우쳤다면
그냥 털퍼덕 주저앉아
막 생각나는 시 한 구절 읊으며
마음을 다독거려 보시구려

무심코 지나치려던 생경바람이
알싸하게 가슴으로 자리 튼다면
그것은
부부가 울궈 낸
바야흐로 진국일걸세

처지

코스모스는 슬그머니 비끼는 미풍에도
제 몸 흔들어 뽐내는데
숙맥은
그예 그러지를 못 했습니다

건성으로 흔들리고
시큰둥이 켜 맞추는 습성이 생전 낯설어
핏기 없는 자폐앓이로 치도곤 당하기만 여태이거든요

변두리 허물어진 습습한 흙담 귀퉁이에 엉겨 붙어
찌질하게
피고지다 피다말다 한 곰팡이가
만만찮은
헛꿈인들 품어 보았겠습니까

매사 밋밋한 판단으로
남의 일처럼
더부살이가 일상화 되어버린 딱한 처지라
수단에 이골 난 숱한 이들의
껄끄러운 행위가
자못 허탈하여

조붓한 길로만 대강대강 헤매다
초라하게 나붓대던
꽃잎이나 주워
우라질
엄지와 검지 사이에 끼워
지근지근 짓이깁니다

풍경

밍밍한 주례사는 허공을 횡행하고
들러리 허풍은 요란하나 사방은 객쩍다

퍽 시뻐할 사연도 없는
먼데 손님이라서
빛물이 한 듯 께끄름한
맞값은 뷔페 식권으로
산해진미를 어정버정 해작이는 행인 1처럼
거치적거려야 하는지
자괴감에 언저리가 빼근하다

이보다는
그 어디건
좀 넓은 마당 모퉁이에 걸어 놓은
가마솥에서 도마에서
삶고 우리고 채쳐서 지져 볶고 버무린
잔치국수 한 사리를
제시중으로 요기하는
도리기 소연을 대접받고 싶다

설령 실미지근하면 어떠하랴

서로 융숭하기가 이만하면
오늘
포부가 승천하는
만개한 꽃님에게
번성의 기도를 소중히 건네고 싶다

허황

꿈자리가 화끈하여
복권을 한 장 사면서
오만가지 궁상을 떨다
아니, 꿈을 오색 칠한다

감히 일등?
이등이라도 황송하지만
그럴 리가…
그래 아쉬운 대로 삼등도 그게 어디야

좌우지간
덜컥
당첨 행운이
걸려들기만 하면
다른 건 제쳐두고
우선
60대가 누릴 수 있을
밤 문화는
어떻게 발전하였는가에 대하여
구체적으로

들입다
섭렵하고 싶다

흐리터분하나마
해넘이
타는 노을
사그라지기 전에

4부 겨울

눈감아도 꿈이 보이듯
마음속 깊은 꽃자리가 그대입니다
그윽한 향기를 피워내는 은근한 진실에
심장이 떨 때마다 눈물이 그렁그렁 맺힙니다

귀띔

피하고 싶은 사람이 저만치서 알짱거릴 때 얼른 쪼그려
앉아 바닥에 손가락 붓질로 욕지거리나 일필 하여라

웃다가 왜 웃고 있을까 깜빡했을 때 낯모르는 여인
롱스커트 흘러내기를 소원하며 뚫어지게 쳐다보라

손에 쥐고 있어도 모르는 것은 도시 모르는 것
의젓잖이 골 때리지 말고 잠깐
멍청이가 맘 편하다

이미 다 아는 것 더 알려말고
배부른데 더 먹으려들지 말고
아옹다옹 떼쓰지 말고
털어라 죄다 버려라

일렁이면 흔들리는 대로
놓치면 놓은 대로
홀가분히 뒤따르다보면
백년이 그럭저럭 홀가분할 것을

-당신만 알고 있어

-너만 특별히 일러주는 거야

이른 봄에는 반드시 새순 돋고
여름에는 꽃지고 열매 여물고
가을에는 종자 퍼뜨리는 단순한 순리가
생이라는 것을
삶이라는 것을

겨울에는 겨울이라
동한이 깊어지면
수북이 쌓인 낙엽 속살에서는

꼬물꼬물 자리 튼 씨앗하며
생물 미생물 번식을 건사하는 정해진 의미대로 충실하니
겉 드러나지 않는
온갖 생명들이 욱실욱실 수런대지

해도 구름도 바람도 잠깐씩
별도 달은 한참동안
송송히 어둠의 땅속으로 내려와
세상을 전해주고
꿈을 다독이는 존재가치가 인생일 뿐이건만

이미 터득한 사실을
새로운 방향인양 무턱대고 치우치려니
쫑긋 휘둘리는 자세가 다들 어리버리하다

라면

고슬고슬 정연하게 서로 엉긴 약 50m 길이가
구불구불 정돈된 6~7m의 헛헛한 내장을
다독일 때
그 포만이 매끄럽다

중독이라나,
이튿날 야심하면
또
어김없이 맛깔 그리워
하여간
동동
쩔쩔 맨다

설렁
딱 한 번뿐인 기회로
그녀랑 입마출래
뜨거운 식감에 입술 델래
선택하라면
피식, 어중간 얼버무리기야 잠깐 하겠지만

당장 허기가 아니더라도
으흐음 냄새 좋고
후루룩 소리 좋고
꺼어억 트림마저 개운한 걸
마다할 수는 없지

노르스름한 면발은 살이고
불그스레한 국물은 피고
얄찍얄찍 저민 야채말랭이는
음~
오장육부다

먼길

누구랄 것 없이 단박에 도착하기란 쉽지 않다

행로란
잘 정돈된 트랙이 아닌
자갈밭일 수도
덤불속일 수도
돌개바람일 수도
거친 파도일 수도

아니다
비단일 수도
양탄자일 수도
꽃구름일 수도 있겠으나

유독 험준한 곡예길이 어디 그대 앞뿐이랴
각자 나름의 충돌이기에
조바심으로
인생철학 그르치는 어리석음은 피하여 무던하라

드문드문
피토할 울분에 멍울지더라도

누명을 걸망 메고
막다른 지점까지 도달한다면
그 곳은 끝이 아닌
이제야 출발점인 나의 길이다

누구나 그러한 과보가 맞다

묵시

무엇을 하려는지
무작정 나선 길
앞서갔던 이들의 자취 따라 내딛다
흔적이 흐지부지하여
헷갈릴 경우
살쾡이나 멧돼지자국도
길이라 좇아 붙다보면
막연하던 어디만큼 다다르겠지

만감이 어지러이 엉키고 설켜
동쪽이 어디고 서쪽이 어디던가
당최 아리송하여
침 튄 방향이 나침판이라 호락호락 믿고
타달타달 오솔길을 꼬불대다가
바싹 마른 향 없는 노송이 가로막아
막다르다 이를 때
숨 한번 깊게 내쉬고
두루두루
바람 부는 쪽이나
햇빛 드는 쪽이나
산새둥지 쪽이나

한적한가를
하염없이 살피다
차곡차곡 개켜진
세상에서 가장 희디희달 옥양목 한 필을
까치발로 어렵사리 닿을
팔뚝만한 솔가지에 옭아매고
가까스로 올가미에 목을 디밀었다
아아,
이제 무엇을 할까
무념으로 세속을 나서면…

분재

나라도 울어주고 싶다
마디마디 형체를 알아볼 수 없는 무성한 상처자국들을
기이하게 개칠해 잔혹의 흔적을 가린다고
아물 성 싶은가.
불그죽죽히 웅크린 채 근원 없이 몸부림치는 저 가엾은
작위적 기형식물이
슬퍼도 너무 불쌍해서 부아가 치밀고 진득한 눈물이
그렁그렁 고여 참기란 하여간 거북하다

일그러진 흠집투성이 따위를 기기묘묘하다 감탄하며
지긋이 폼 잡아 감상하고 카메라에 담아대는 위선자의
으스대는 태도가 적잖이 아니꼽다
전신압박에 죽상 짓고 간신히 피운 한 떨기 꽃망울이
칭송받을 예술이라 포장하는 군상들의 입길이
추잡스러워 무조건 그 머저리들 대신 치욕의 고통을
나누어 앓고 싶다

누가 앓니 한 개만 남기고 멀쩡한 이빨을 몽땅 뽑아
제꼈다 치자
왼쪽 발목을 댕강 치고, 오른쪽 허벅지에 불침으로
구멍을 뚫어 왼팔을 쭈욱 잡아당겨 목덜미에 휘감아

낚싯줄로 꽁꽁 옭아맸다고 치자

재갈물린 목구멍 빈틈으로 간간이 건네는 화학비료
몇 톨로 허기나 면케하고, 적선하듯 찔끔찔끔 적셔주는
한두 방울의 물로 갈증을 해소 시키려는 둥 마는 둥
겉치레만 번드르르 꾸미는데 한평생을 부질없이
허비하는 흉악한 심보가 무자비하고 손길은
극악무도하며 사상이 악랄하다

소소리바람이 전하는 동등처지들 형편이 도저히
흉악망측하여 고래고래 통곡발광으로 한풀이에
보조한들 갈가리 복장 째는 작업이 직업인 독종이
존재하는 한 빤한 헛일이 아니던가

총총한 별들과 꽃피우는 고된 과정도 두런두런
시시덕거려도 보고 싶고
눈부신 햇빛은 사랑고픈 애틋한 이웃에 몫을
갈라 주고 싶은 소망은 간절한데, 조목조목 착한
순수가 송두리째 훼손된 사정으로 말미암아 상상을
초월한 모욕이 분명한데도 지극히 자연의 신비라고
예찬하고 부득부득 작품가치로 존중하여야 마땅한가

실체 없는 고통을 감내하는 빈약한 뿌리가
썩어문드러질 때까지 간당간당 지지부진한 것이
생물학적 빌미라 할지라도 그 지경을 지근에서
감당하기란 까닭여하 지겹다 짓질리다

억지로 한편의 꿈을 연출할 수 없듯이
지천의 식물도 나름나름 표정 있는 향기와 열매를
영글 수 있는 능력이 마땅한데
초자연적 권리를 찬탈하는 행위가 원천적 은밀한
교감이라고? 깝치고들 있네, 물심양면의 일상이라
정당하다는데 긍정하는 괘씸한 난폭자들아

아, 그대들아 포악의 진실을 아는가
우주의 온갖 티끌들은 무의식적이나 질서 있게
엉키고 설켜
저마다를 뽐내어 생존의 일익을 존중하는
당연이치라는 사실을.

술꾼

한 말 또 하고
할 말 또 하고
듣던 말 또 듣고
못 들어 또 듣고
안 들려 또 묻고
알 수 없어 되묻고

뒤꽁무니 따르던
휘적대는 친구도
덩달아
씨알 좆알 씨불 좆불
궁시렁거리는
지극히 평범한
납작 계급
주정뱅이들은
해질녘부터
밤을 삭히는
매일이 주요일

선물

누구 때문에 울어본 적 없다 하시니
당신은 사랑을 모르시는 겁니다

눈감아도 꿈이 보이듯
마음속 깊은 꽃자리가 그대입니다
그윽한 향기를 피워내는 은근한 진실에
심장이 뛸 때마다 눈물이 그렁그렁 맺힙니다

지금 하늘을 우러러 보세요
눈부시게 청정한 옥빛사이로 낮별도 당신이며
몽글몽글 뜬 구름은 당신 마음입니다

당장 숨 막힐 듯 격렬한 고백만이 전부가 아니라
숨겨놓은 미래를 보듬어 준다는 것이 행복이지요
행운은 매일매일 함께 나누어야 결실이 알차다네요

가만히 서서 하늘만 보았을 뿐인데
벅찬 감동으로 자르르 휘감을 야릇한 전율은
자연이 달보다 고운 당신에게 내린 몸짓입니다

바라는 게 소박하거나

순수하여
사랑밖에 담을 여념이 없다면
사랑이 완성되었다는 신의 선물입니다

이제 절절하게 울어도 됩니다

고마워서 훌쩍훌쩍 울고 싶을 겁니다

세밑

새해가 뜨면 뭐가 그리 좋으려나
뭔가 있기는 있길래 새뽀얘지니 낯빛이 곱지

수척했던 앞 뒷산이 초롱초롱 눈꽃으로
장관을 이뤘으니
덩달아 마음도 하얗게 빤히 읽혀
맑아지는 느낌이 포근하여
썩 어울리고

소복이 쌓인 눈 더미로 납작해진 초가지붕
추녀마루 옆에
기우스름히 지탱하던 그을린 굴뚝에서 피어오르는
하얀 연기가 구수하니
풍성하여 군입이 요동치누만

떡국 한사발로 나잇살 채우는 게 연례행사이고
격조했던 먼 일가붙이나
이웃사촌끼리 나누는 세배로 덕담 풀면
하기야 그만한 정겨움도 없지

투박하고 곤궁했어도 더 나은 게 비등하기에

우스갯거리가 싱거워도 너털거리던
그 시절을 이제 누가 추억이나 할런가

담 넘어 척박한 뒷마당 모퉁이에 거들떠보는 이 없는
언제적 고욤나무가 내력을 고스란히 나이테에
새기고 있지 않을까

빨갛게 떠오르는 새해덩어리를 품안에 넣고
좋은 칭송으로
불끈 솟아오르는 자아발견의 꿈을 탐내야지
오늘밤에는 꼭

어둠

꽃을 좋아한 적 없다
향기에 취한 적 없다

부귀에 곁눈 준적 없다
죽음을 슬퍼해 동감한 적 없다

후덕한 아낙을 거들떠 본 적 없다
솜털 보송한 신생아도 담쏙 품어본 적 없다

이쯤 되니
물도 젖도 빵도
절절하지 않는다

무관심 무소유에 이골이 났다

예컨대
무섬탐에 움츠러들지 않고
별들이 아무리 소통하자며 점멸대고
바람도 요란떨이 춤판 벌려 위로하다
제풀에 자자들면

고요하게
그대를 휴면케 하는
남은 하루하루는 당신 꺼다

지우고 싶은 과오를
더듬는 공간
어두컴컴한 긴 밤이다

연서

손끝이 저려서
달달달 덜덜덜
날밤을 새우더라도
받을 이에게
읽힐 문자를
참참이 정성껏 애써야지

부적당한 물귀신 작정이 오늘 뿐이랴

간절하게 욕망 표현할
꽃말을 모르기야 하더라도
당최 하잘것없이 타고 난 재주를 어쩌랴

골머리가 빼근하리라만치
암만 조심해도 손끝은 제 맘이라
사랑을 사망으로
개념을 개년으로
회춘을 회충으로
상행위를 성행위로
밤새워 짓거나 허물거나
거듭 허우적거리기만으로

새벽을 맞았다지만
한 줄의 문장을 전송하니 흐뭇하기가 그지없어야

금세
넘어 동네
그녀 가슴팍에
조바심이
온전히 스며들어
사랑으로 완성 되었으면 됐다

타는 건
쥐불놀이 깡통불이래?
한데아궁이 낟가리 잔불이래?

당치 않아
느지막이
속가슴은 활활 타올라
주홍빛 물드는 서편노을을
집어삼킬 여력이 뻗치는 날이
허다하여
혼미한 영혼을 차릴 판단 수가 없다 하다

연정

털고 일어나야지
퍼뜩 나서야지
기웃대더라도
그 근처서 놀아야지

추우면 시린 채로
더우면 흘린 채로
어설피 훔쳐보기라도 즐겨야지

순한 맵시에 홀렸나
편한 미소에 녹았나

하도 아삼삼하여 청춘이 심장에 도로 앉았네

내면의 표현이 절실할 때
꺼내 보일 능력이 절대 미천하여
갈팡질팡하다가
몰래 그 자리에 서서 조심조심 설렌다

창문 너머로
자르르 검은 물이 흥건한 머그컵에서

은근살짝 풍겨내는 커피향보다
나풀댈 때 털어지는
그녀의
민트향이 한층 향취하다

차라리
무턱대고 동냥아치가 되어
그것 한 모금하고 치즈샌드위치나 구걸할까

한참을 그러다가
들킬라 가만히 돌아서야지
터벅터벅 서운히 떠나야지

마침 근처 예배당서 찬송가가 울리니
더 애잔한 감정으로 하루를
메워야 할 씁쓰레한 노 청춘

틀림없이 내일도 거기
한 치 건너 두 치 카페 발치에서
파르르 헐떡이겠지

염탐

아는 여자가 슬픔을 안았다
가슴으로 매일 운다
죽음의 공포에 쏠려있다

위로도 간섭될까 풍문으로 기웃댄다

피붙이가 급살 맞아 우주여행 떠났다는 날

참상의 그날,
하필 진눈깨비가 진창 추적이고
때마침 후미진 끝 만신 집
굿판 징소리가
정 빗맞은 차돌처럼 뾰족한 쓰라림으로
왱강쟁강 정신을 헤집는 통에
이후
생 몸살을 앓고 있다더군

신음보다 더 살 에이는 고통은 없다하던데
누가 달래줄까
쉽게 아물지 않을 애타는 무서움을.

그 소용돌이 가운데
살붙이마저 인연을 찢어버렸다는
겹겹이 비련의 여인 된
사정이어서
밤하늘을 올려다 볼 염치도 야속하다여
횡행하는 저 별
저저, 제 새끼별에
젖은 시선 못 맞추는 그녀의
속울음을 듣다가
깊은 애정이 봇물 터지니
염탐키가
대략난감일세

불행을 동정하는 것이 아니라
관망하다가
연민의 눈까풀이 진동하다니
어설프기 짝 없는 저렴한 애정행각이다

본시
사람이란
성충동과 죽음충동이 공존하는

어처구니없는 이중성을 보유한
수준 낮은 인격체라지만
수시로의 돌출망상이 스스로 불안하기까지 하네

두려움을 감추기 위하여
저돌적인 이기가 파멸을 구제할 수 있다는 역설이
들이치락내치락하는
인간의 잠재된 붉은빛 진상에
오늘따라
모몰염치가 기승스럽다

내가 아는 참 가련한 여자여

해법

언제부터더라
거울을 깊게 관찰한 때가…

이마가 널찍한 마당 되어
수들수들해진
쉰 몇 가닥 머리숱이 애틋하여 짠하다

허겁지겁 별의별 수단을 다한들
되살릴 수 없는 이치를 깨닫고도
애쓴다고 놀라운 일이 오리라 믿나

헛물 켜도 갈증은 면할 수 있을 거라는 허황됨을
현실로 믿고 싶겠지만
딱한 것은
인위적인 정성으로 안 되는
허다한 쉬운 진리를 터득하고
그만한 정성 남았거든
세상 훤하게 평정하는데
가만히 보태는 게
고운 참모습이겠네

영정

내 집 건너 방 윗목 천장 바로 아래 벼름박에는
두 어른이 산다

은연중 그들과 결판 안날 기선제압 겨루기가 조석으로
때로는 체신 사납고
더러는 성가시고
가끔은 멋쩍고
어쩌다는 허무맹랑하고
경우에 따라 부담스럽고
드물게는 지싯대기가 객쩍어서
심란한 애증의 교착점에 이르면
냅다 내동댕이치고 싶을 때가 없지 않아
면구스럽기가 이만저만 아니다.

정작 꼴값은 내가 하는데
잘잘못은 죄다
남 탓, 조상 탓으로
덤터기를 씌우는데도
무덤덤한 까닭에 어리둥절하기가 태반이기도 했다만
어제는 울적해서 덜 취한 채
투정 투로 노닥거렸기로서니

그게 그렇게 못마땅하여 노려보셨는지
그제는 마구 분해서 만취한 채
추태 좀 부린 걸 가지고
뭐가 그리 언짢아 진노하셨으며
그제는 그깟 빈농약병 마시는 시늉으로
난리굿을 벌렸다고
그딴 행동이
왜 속 터질 일이라서 노발대발 살기를 띠셨는지
나는 조금 안다

그들은 더 안다
훨씬 많은 것을 알고 있다
이치를 넋으로 영영 존재하니 말이다.

운명

따라오지 마

너도, 너도 또 너도

저승은 혼자 업보를 을러메고 헤매는 길
따라 붙는
그림자도 싫다

쉬운 어귀부터
무작정
돌고, 돌고 또 돌고 돌아
바장이다가

벌겋게 불타는
검댕아궁이 숯불 속으로
점점 빨려 뒤틀리다
재가 되고
티끌 되어
구천을 떠돌 것이다

나, 너 그리고 전부

보잘 것 없이
미물인 존재들이기에
그렇게 다들

자살

도대체
태양에 진 빚이 얼마인데
그간
구름에 둥둥 뜬 착상을 많이도 따먹었는데
숲에서 얼마나 많은 양의 지혜를 얻었는데
달빛에 무한량 위로받고
별들에 천만번쯤 방향을 물어댔겠고
이슬비에 슬픔을 빌리고
바람에 헤아릴 수 없을 응어리를 날려 보냈는데
거저 얻었던 그 많은 것들을
갚을 겨를이나
생색도 못내 보고
쉽게 운명을 버리려 하다니

생명은 하도 많아 흔하다지만
내 몫으로는 유일한 것
저마다 잉태의 고통과
탄생의 축복 없이는 어림없이 고결한 것

스스로 측은지심 하여
순간 결단으로

무모하게 한목숨 태질치겠다는 것은
악질적 모순이야
결코 진동한동 마

지혜가 방향이야
의욕이 묘수야

헛얼

산새 지저귐커녕
불경 펴는 승려조차 머슥한
세속 한복판 절간에
여하간
내내 쿰쿰한 시궁창 냄새만 고약하니
크억 카악 퉷퉷
역겹게 슬프네

어느 틈새를 죄고 메워야 할지
아는 이
나설 이는
먼 산 턱질이나 하고.

항상 균만 퍼트리는 악성 모사꾼 옆 군데군데에는
졸개들만 득시글득시글 꼬여
대웅전을 광기로 볼모잡아 농락하니
이런 ㅆㄴㅁㅅㄲ.

때마다 낑낑 보시 한 짐 걸망매고
도와줍소 빌고 비는

보살들은
거사들은
그저 터러기일까
그냥 썩어 문드러진 치레기일까
뜬눈 시력이 개차반이다

화해

꿈이 아닌 현실에서
결혼 이전으로 돌아갈까

살면서 왜
그럴 때도 있지 않았던가

꼴도 보기 싫다는
살벌한 악담이
욱할 때 평범한 대화로 성립되던 물 칼

누구의 간섭도 용납이 안 되는
무언전쟁이
돌발하는 묘한 시점

이를테면
며칠을
입 꿰매고
구붓하게 누워
꼽추모양 따라내자니
어깨는 쑤시고 엉치는 욱신거리지

위장은 고픈지 쓰린지 개골 대는데
뭐라고 떼다 부칠
말 건더기가 빈약하여 허텅지거리나 흘리다
뒷간까지 졸래졸래 따리 붙다가
우악스레 밀쳐내는 돌개바람에
발라당 고꾸라졌을 때
아, 이혼이 섬광처럼 번쩍이지 아니하던가

며칠이 하도 추워
철없이 내복을 주섬주섬 꾀려니
날쌔게 팬티를 잡고 늘어지는 못된 행패는
여전하여
스리슬쩍 자빠지는 어수룩한 사내답게
파혼은 장시간 옆구리에
낮잠 재울까 보다

현실에서 생활은 필수 아닌가

5부 그리고

내면의 바닥을 까 내보이고 싶은
절절한 가슴들이
바깥 둘레에 예닐곱 명은 있어
내심 부러움이 꼬물꼬물거리기는 하다

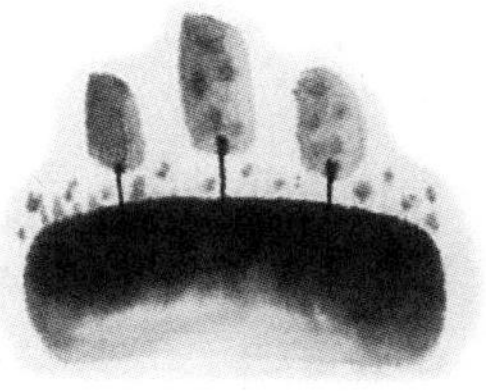

건방

시를 감상하겠다고
첫 장도 아니고
가운데 장을 펼쳐 설렁설렁
눈치레하다가
바로 접었다면

소설이나 읽겠노라고
첫 장도 아니고
맨 뒷장 마무리가
먼저 궁금하였다가
시답잖아 슬며시 덮었다면

물색없는 심리불안 행동일까
필연적 사연을 엮어낸 어수룩한 지은이 탓일까

증정본이
반갑다 대단하다 감사할 때보다
더러는 애물이라 대략난감 할 경우
책은 종이
꽤 비싼 폐지일 뿐이라는 편견이 구석에 있다

힘든 삶의 과정이 확실하게 밴 책이 간혹
갸웃한 궤짝 괼 때나
라면냄비 받침으로도
더러더러 낮잠목침으로
쓰임새에 얽매이지 않는 행위가
어불성설 흐뭇한 자유로다

그러나 사실,
내면의 바닥을 까 내보이고 싶은
절절한 가슴들이
바깥 둘레에 예닐곱 명은 있어
내심 부러움이 꼬물꼬물거리기는 하다

개꿈

사방은 시커먼데
저만치 골목 어귀에
서슬 푸른 점멸들이 우중우중 몰려
반짝거리길래
기겁하여
전봇대에 몸 움츠리어 꼬나보니
얼핏 설핏 뜨이는 것은
집채만 한
암컷이 거느린
올망졸망 새끼돼지 무리 아닌가

오그라들던 숨통이 안도되면서
옳케
횡재 꿈일세

아침 끼니를 건성건성 물리고
잔상이 흐트러지기라도 할까봐
후다닥
복권방으로 내달아
거금 풀어 로또복권 스무 장을 움켜쥔 채

삼사일
설렘 반 초초함 반으로 버정대다
겨우 건진
달랑 오천 원짜리 당첨 한 장

취중 잠이 혼돈스러웠나
에라, 돼지새끼들아

고부

아내가 어머니일 순 없다
노상 얼굴 맞대 살아도
언제나 그분이 훨씬 유순하다
찐득한 땀내가 물씬물씬하여 천생 그대로가
오로지 그의 전부다

내 나이 어느덧 예순
고주망태가 되던
뗑깡을 부리던
그런 일이 있어 힘 들었겠거니 아량으로
다독거려 주시는데

여태 갈비 한 대 못 사드렸네

안사람은 까닥하면 꼬투리 잡아 쾌치고
윽박아 기선제압 하는 재주에는 이골 났다

어미는 늘 쌍심지 켜고 두둔하시네
– 에미, 넌 다 좋은데 서방 위하는 싹퉁머리는
천박하기가 아주 못돼 처 먹었어!
제 버릇 여직 개나 던져주지 않고 설랑…

며느리는 혼내는 시어머니 면전에서
잘 났다고 장알장알 한마디도 지지 않고 빵빵 뜨네만

푹푹 찌거나 달달볶거나
아무리 뭐라 뭐라 지껄여대도
늙다리모자는 그때마다 귀머거리가 되어 딴청을 피우지

유독 그러한 날
아내는 부아를 저녁상 차림에서 부글부글 끓여 눅이데
제 속 풀려고 조기매운탕에 소주 한두 잔 목추길 때
우리도 덤으로 한잔 또 한잔씩 얻어 자시다가
그렁저렁 가슴 섶을 풀어 제치지

지는 게 이기는 게 아니라
참는 자가 어진사람이다 라는 자조적 덕담이
인자하다마다

내일 돼지 후지 살이라도 푹 고아드려야지
아내도 한 점 맛보라 은근슬쩍 조리를 떠맡기고.

어머니는 은혜고
아내는 그분의 뒤딸리니까

귓등

저명한 학자의 초청 교양강좌가 있던 날
삼백 석 규모의 미디어센터 강당에
억지로 소집된 듯 서른 대여섯 명의 주부들이
뒷좌석으로 띄엄띄엄 심드렁한 표정잡아 걸터앉고
억지로 끌려나온 나 그리고 주최 관계자와 시간 꿔을
요량의 중년 두 명이 되도록 앞줄 좌석에 어정쩡
자리치레 광경이 씁쓸한데 강사의 언짢은 심사도 역시나
탐탁찮아 전하는 된소리에 공기마저 시들하다

그까짓 귀동냥 이론인들 누가 모를까

엔간히 세월을 곰삭혔다면 누구나
위를 안 보고도
비구름인지
뺑 구름인지 감각만으로 예측하는 경지에 도달했을 터.

어느 만큼 듣고 있자니 도대체
무슨 말이 교양이고 어느 대목이 문화고
어찌해야 지성인인지
이렇다 할 느낌도 어수선하여 도무지
피가 살이 되는 과정이 공상과학과

무슨 상관관계에 있으며
생활이 윤택해지려면 여자 가슴을 더듬으라는 건지,
옷고름을 풀어 제치고 살아야 화목하다는 건지
아무짝에도 쓸모없는 말장난만 공허하여 티끌처럼
흐느적흐느적 사방으로 나뒹구는 안타까운 씁쓸함

황당무계하기야
놀부 댁 밥주걱에 붙은 밥풀 개수 세어 뭐할 것이며
일곱 난장이들을 하루 한 명씩 데리고
즐겼을까 라는 엉뚱한 상상의 과제가
우스개가 아닌 허무 개그라는 대목에서
객쩍어 따라 웃다가 무릇 딱하여 같잖아 뵌다

코고는 소리는 아니더라도 하품과 좀 쑤시는
뒤틀림이 우두둑 버스럭 간간이
지루가 표현될 때도 열 받을 그가 아니었다.
강사료의 힘은 낯 두껍게 할 뿐만 아니라
뚝심도 여간 아니데

와중에 한 여인이
팸플릿 공간에 필기하는 동작행위가 그의 눈에 뜨이자

그녀 매가 그리 경이로웠던가
당장 화색이 피고 목청도 또랑또랑하게 열렸다

"저기 저쪽 사모님! 제 강의 내용을 빠트림 없이 꼼꼼히 필기 하는군요 예, 대단히 바람직하십니다. 모름지기 그래야 어딜 가서도 대우를 똑바로 받게 되겠습니다"

사실 그럴까
공연히 궁금하여
주변의식 불구하고
슬며시 그녀 옆으로 지나면서 메모를 쓰윽 훑었더니
동그라미, 세모, 네모, 서너 살배기가 그렸을 법한 자화상이 뒤죽박죽 엉겨 붙고 그 밑으로 휘갈겨 쓴 낙서에는 짜증이 여지없이 잔뜩 묻어있다
- 아 지루해 다 아는 얘기를 저렇게 재미없게
늘어놓는 놈은 생전
처음 보네! 씨발, 시간만 죽 쒔네! 보고 싶은 그 새끼나 보러갈 껄…

피식 속웃음 만들며 출구로 느릿느릿 빠져 나오는 바로 그때 기가폰 마이크에서 이런 떨떠름한 저주가 귓바퀴에

앵앵 간지럽게 투덜댔다

"여러분, 내가 가장 싫어하는 행동이 무엇인지 아십니까? 강연 중에 이탈자, 즉 자리를 뜨는 몰상식한 사람입니다. 인격을 모독하는 저질이지요, 종 칠 때까지 절대 움직이지 마십시오. 저러면 나 말고 누구라도 화납니다, 화냅니다!"

본심이 인내를 다루지 못하는 행각행위가 위선이라
예사로 흘리는 게 엔간하다

만취

착각은 취기 오를 때면 시작이다
최상의 미녀는 늘
지갑 안에 있어서
당장 세상은 내 꺼일세

꼴 난 자리싸움에
엔간히도 혹독하게
필연적으로
굴욕을 감내하며 아부의 잔을 찰랑거렸느냐는
고차원적 질문 의도야
너도나도
귀신도 당최 모르지

일상을 꼭뒤잡이로
난기류 하던 허접함을
이제 겨우 다잡아서 어쩌자는 거냐고!

진작부터
머리통은 시궁창이고
때깔은 주구장창 거무칙칙하여
이러고

아내 볼 낯커녕
아이생각 참견이 차마 턱없어
맨숭맨숭한 숙맥보다야
버릇된 얼큰한 주접으로
현실도피 인생을 절일 절호를
수준 낮게
호시탐탐 즐길 뿐이다, 왜!

맹신

누운 듯 앉아
텔레비전 리모콘을 짝으로
두리번두리번 폭 좁은 세상을 관찰하는 재미가
솔찮하다

거들떠보지도 않을
삭을 대로 삭아버린 쉰내 물씬한
한 몸 건사하기에는 이만한 혜택이 또 있을까

건강해야 사랑도 하겠다싶어
무관심한 척 튼튼 건강 프로에 잔걸음을 떼다가
숟가락건강이란 생소한 비법에 호기심이 섰다

통증완화라는 거창한 지껴림에
신성한 어머니의 젖꼭지처럼 물고 빨듯
사뭇 정갈해야 할
생명의 연장도구인 숟가락으로
발바닥을, 발등을 마치 감자인양
벅벅 긁고 있는 시연자의 동작을 놓칠세라
엉겹결에 착한 수제자 되어
방짜 숟가락이라면

효험이 배가될까
신기를 요원하였건만
웬걸
우묵한 발등 껍데기만 홀라당 까져
욱신욱신 쓰리고 따갑고
벌건 핏물까지 송골 하니 번져 오르는
생채기가 어이없다

기적은 무슨 기적
야, 아야, 아야야야

베품

콩 반쪽을 누구에게 줄까 고민하다가
빙빙 하루가 저물었다

쉬울 듯하던
무작정 보탬의도가
머뭇머뭇 망설이는
고질적인 버릇에서 옮겨온
그까짓 것이란 소심함 때문일 거야

필요하다고 거저 얻어지는 건 아니지만
얻어진 걸 소비하는 가름도 지혜다

절절하게 겪은 바 없어서란
쉬운 핑계는
궁색한데
막상 실천도 선부르지 못한 건 순정 탓이다

남아있는 반쪽이 썩을까
그래도 염려되어
궁상을 거듭하면서
머뭇거리는 동안이라도

사무치게 간절할 용기가
간신히 꺼내어진다면
무턱대고
그 구실을 예쁜 심성에 담아
아무소리 말고
베풀 마땅한 곳으로
신발끈을 조이겠다

부담

나 몰라라
평소 데면데면한 사이인
앞집에서 백설기를 보내왔다
외손녀 백일 턱이라는데 어쩌나
실 값이라도 얹어줘 말아

처가의 먼 숙모 회갑이라고
날짜 시간 장소가 세세히 카톡에 올랐다
이참에 한잔 기우리고 싶다만
오만 원어치냐 십만 원짜리냐

굴러다니다 우연찮게 친구 먹은
사돈이 운명 했단다
난감한데
나중 조우 때 서먹할까
문상이 옳아 글러

변두리 옛날식 다방마담이
코맹맹이 궁둥잇짓거리로
술 한번 거하게 쏘라는데
요게 술만 일까 딴 셈일까

며느리가 난데없이
돌침대 선사로
배포 크게 카드를 긁었다만
추단하기 거북한건
그것 말고 또 있는데
요통참고
간만에 용 써볼까
마냥 장식으로 냅둘까

알량

당신의 속마음을 한번만 드려다 볼 수 있다면
이런 숨 막히는 설렘은 없었을 텐데
눈치가 없어서일까
겨를이 없어서일까
허구한 날 꽁무니에서 어정쩡히
심정만 애태우는 순진한 나에게
이제는 싱긋 웃어주는 관심만으로도
그 미소를 에메랄드보다 귀히 보듬어
간직하겠다고 굳게 약속 합니다
당신을 곱게 지켜드리겠습니다

아직도 참마음을 속속들이 알지 못하였기에
밤마다 썼다 지우다 되풀이된 사연을
골 부릴까 하도 많은
앞선 걱정 때문에
띄워야겠다고 미적대기만하여
밝은 표정 잃은 지가 하도 오래라
후한 선심으로 '나도 설레입니다'
입다짐 한마디만 귀에 쏙 담아 준다면
하늘이 온통 파릇파릇 할 겁니다
당신과 평생을 같이 하겠습니다

득도

머리를 감거나
빗질을 하거나
두피를 긁을 때
한 움큼씩 타래처럼 엉켜 빠지는 머리칼에
지레 겁먹은 가엾이 착한 중생들아
중한 게 고작 터럭뿐인 게야

한낱 치장거리일 듯
그다지 쓸모없다 여겨지고
본디 없어지는 것이라 태연하면
휑하여
홀가분하달 터이니
그나마 성심껏 보살피고 돌봄이
되레
열반에 도움 될 것을

위안

정글
널따란 바위위에서
늘펀히 잠든 사자 코털을 뽑아
부리나케 줄행랑을 치다
턱까지 차오른 호흡을
헐레벌떡 다잡다

저 발뒤꿈치아래서
사자도
헐레벌떡
쿵큭캑캑
게거품을 핥으면서
숨을 고르는 듯싶더니
눈깔을 시퍼렇게 부릅뜨고
째려보는데
오금이 저려와
줄행랑을 놓으려고
늙은이 호박나물에 용쓰듯
오물오물 굼뜨다
오줌을 질질 지리다
오몽에서 깨나다

저나 나나
진땀 승부의
난행 고행은 대등하여
서로 짠하기가 힘겹다

유서

죽음에 대하여 서술하라면 작성할 수 있을까
만약
쓸모없는 잡념에 골몰하다가 갑자기 횡사한다면
환장할 꺼다, 급사니까

호흡만 멈추면
팔만 털썩 놓으면
모든 것과 이별하는 쉬운 처사일 텐데
감행이 숙원은 당최 아니다

미루어 짐작하자면
감투도 내 것인 것을
여인도 내 수하인 것을
집도 절도 교회도 내 자산인 것을
고스란히 아깝게 두고 황천자객 되기란
억울키가 한정 없다

무릇
숙명도 팔자일 테니
탐나다 억울타 괘심타 재수가 옴 붙었네

탓은
송장되어서나 응징하고
행복했다 고맙다 아름다웠다
그래서
전부를 환원하겠다고
남길 글에 세세히 기술한다면
분명코
운명이
꾀까다롭게 저울에 오르내리는
천박함은 스스로 면하리라

직감

꿈에 하늘을 밟았다
깨나니 구름에서 논 흔적이 여실하여 헛, 허허 우습다

이참에
그대로
나
있어야할 구름방이나
한 칸
마련되어지기라도 하면
여북이나 맨몸이 가벼울까

안사람하고
장성한 자식들하고
하루보기가 서로 성가신
오래된 몽롱한 병자

밥보다 구름과자가
카네이션보다 흰 국화를
따듬따듬 조르듯 웅얼대는 좁다란 병상

아무래도

바깥풍경이 희뿌연 하여
그 속 드려다 보기가 그예 지쳐서
차라리
남보다 자리차지가 수월할 느낌이 아른거리는 지금이
숟가락을 놓칠 때다, 이때야말로

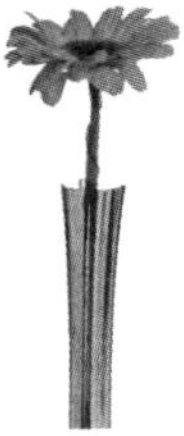

최면

하루를 건너려면 최면을 걸어야 산다
그나마 술수를 덤으로 챙기면 실팍하다

내 새끼 남의 새끼
죄다 공생하겠다는데
순수가 훼방꾼으로 변절되는 세상도 있기는 하더라…

곧이곧대로
뼈 빠지게 들락거리는 삶이 불안하고
각각 제자리가 들쑥날쑥 산만하여
무수히 흩어있는 굴곡을
맨발로 치고 나가자니
차리는 정신만으로는 어림없다

이유 모를 이유로
옴팡 덤터기 쓰는 게
예삿일이 되는 작금에는
무념으로
납작 만두 모양새가
훨씬 수월할 텐데
허드렛물처럼 내 마음대로이던가, 어디

그리하여
착한 나는
궁여지책의 술책으로
최면을 걸어야 체면이 선다

퀴즈

아이의 아이가
갈색 크레파스로 할빠라며 그렸는데
가분수에 남산만한 매부리코를 만들어 찍어 붙인 게
그저 닮은 듯
신통방통 하다마다
캐리커처 화법이 여간 아니야

"참 잘 그렸어요"
품안아 토닥여 주고는 초상화 값 오백 원을 건냈더니
감사합니다, 공손히 좋단다

물끄러미 바라보던 할망구가 참견 안 할리 없지
"할미도 예쁘게 그려 줘야지"

그려진 할아버지 눈 부위쯤에다가
대뜸 속쓱속쓱 꼼지락꼼지락
제 손가락마디만한 크기의 인형 같은 할머니를
그려 넣었나본데
겹친 존재가 미심스러웠던 할머니는
화폭을 천하게 발로 밀치는 경망한
심술보를 내비치데

"할머니가 할아버지한테 콕 찍힌 거예요"

작품이 완성된 뒤탈에
변명이 무슨 소용이겠느냐만

속 좁다라한 할마는 바지춤을 부스럭거리더니
애개개
얼마의 그림 값을 치뤘을까?

포장

흠칫 놀랐다, 누구신지…?

캐발랄한 숙녀랄까
물씬
짙게 포장을 한 채
살갑게 알아보겠다는 통에.

호들갑 떠는 리액션이 되바라지고
성기어 들뜬 화장발이 사뭇 어색한데다
역겨운 듯 짙은 향긋함이 지극히 낯설다

와중에
차림새나 평범하였더라면
포장기교쯤은
알랑수라 치부하겠고
헐렁하여 짧은 블라우스는
여름이라 차치물론이지만
길고 널따란 바짓가랑이로 보자면
스산한 겨울초입인가
차라리 변장술이 어울리겠다

누구게?
그 여인을 알아도 몰라
썩소 한 잔 턱을 날려주고
떨떠름한 쉰내야 다시면 된다손 치더라도
자꾸 궁금한 건
아리땁고 화사한
정도껏이란 치장은 미궁의 숙제인가
민낯이 사랑으로 다가온다

후련

더듬이도 없어
갈팡질팡 헤매다
어렵사리 여기까지 깜깜이 왔네

노상 걷던 길이 아니었더라도
이정도 꾀까다로울 줄 설마 몰랐다

시험을 보건
시합을 했건
내기를 하던
일등은 고사하고 순위 밖이
아예 편했던 지난날의
행실인 걸
앞날이라고 새삼스럽게
오붓한 영광이 오리라 기대하진 않는다

다만
다된 게으름쟁이라
눕기 십상인 방바닥 보다
엉성드뭇하더라도 의자에 앉아서
읽을거리라도 훑어보는 시늉에 익숙해지면

제법 곰상곰상하단 소문은
더디게라도 떠돌지 않겠나

그렇게
찌질이는 면피할 작정이었지

꽁무니에서 어물쩍 빠대던
그간의 그림자를 떼버리고
한가지나마 애쓴 흔적을 몇몇 이에게
드러내 보이는 것도 재미있겠어서
골머리께나 앓고 나니
한시름이 겨우 느긋하다

참견

네가 떠나야 또 다른 사랑을 찾는 게 마음인데
딱하답시고 간섭한들 무엇이 달라지나

사모하다 애걸하다 버림받았대도 내 가슴이 감당할거고
설령 뚫린 가슴이 야무지게 시려 만사가 공허하대도
셈법모를 가슴앓이는 약발도 소용없으니

잊어라 떠나라
절대 지워버려라
환상의 흔적을 지울
옳고 그름 판단은 오르지 내가 감당할 몫이지 싶다

아픈 만큼 시련이 다져지면
나를 위해
또 다른 너를 위해
데쳐 보듬어줄 가슴 한복판의 오롯한 온기는
사뭇 모락모락 끓고 있으니
아서라
일생을 얼씬없어라

행복

어제는 어제라 행복했고
그런데
오늘은 어떻게 만족할까

스렁스렁
뒷산에 올라
흔들리는 나뭇잎에 말 걸기도 생색 없고

짝 찾는
산새흉내도
썩 보잘 것 없으니

그새 무성한 잡초에
털퍼덕 주저앉아
빤한 동네지붕만 색 바꿔 칠하다가

얼핏
옛 여인이나 들추어볼까 생각하니

어라, 고것 참
묘한 감성이 흐뭇이 도져
내일까지 흥미롭겠다

작품 해설

맛깔진 토속어와 해학의 어울림

민용태
(고려대 명예교수, 스페인왕립한림원 위원)

이철희의 시어에서는 짙은 흙냄새가 난다. 그것이 '호박덩어리… 흐벅지게 탐나는'처럼 소리 상징으로 가을의 풍요의 모양과 맛을 읊을 때 그 '풍성'이 보름달처럼 멋지다. 이쯤 되면 '빈농'이라도 제법 풍류가 있지 않은가. "거기 /자질구레 널린 북데기 따위를 깔아뭉개어 / 낮 탁주에 엔간히 쫄고 있는 / 추레한 사내가" 심지어 멋있어 보이기도 하다.

그러나 이런 '가을'의 풍취를 제대로 맛보려면 직접 육성으로 시인의 말소리를 들어보라.

"…

야심에
총총한 항성무리에 홀릴까
작은곰자리별에
앳된 사랑이나 홀려볼까
까매밝은 덩그런 보름달과
기와지붕에 얹힌 호박덩어리와

뽀얀 때깔을 견주어보더라도
둘 다
흐벅지게 탐나는
가을이 정말 홍타."

무슨 홍타령을 듣는 듯 '가을이 정말 홍타'는 좋다. 이것은 정말 이해하기 어려운 시인의 위험한 조어造語다. 그럼에도 불구하고 '홀릴까', '호박덩어리' '흐벅지게'의 'ㅎ'자 돌림의 홍타령에서 '홍타'는 제법 정당성을 얻는다. 그것은 이 시 특유의 홍취를 상징하기에 알맞기 때문이다.

이철희의 시에는 심지어 야유와 해학이 한 몫 한다. 감각적 토속 말씨가 시작부터 입담 좋은 시골양반의 너스레의 맛을 유혹하더니, 그 좋다는 돼지꿈을 꾸고 복권을 사러간 슬픈 '개꿈' 이야기가 웃음 반 울음 반 독자의 가슴 언저리에 와 닿는다.

"…
후다닥
복권방으로 내달아
거금 풀어 로또복권 스무 장을 움켜 쥔 채
삼사일
설렘 반 초초함 반으로 버정대다
겨우 건진
달랑 오천 원짜리 당첨 한 장

취중 잠이 혼돈스러웠나
에라, 돼지새끼들아"

여기에서 '에라, 돼지새끼들아'는 '에라 개새깨들아'가 옳다. 실망하고 화가 잔뜩 났으니까. 그러나 똑같은 어조로 '… 돼지새끼들아'는 밉지 않다. 이런 미묘한 알콩달콩한 시골맛이 우리의 소박한 삶의 풍미이다. 꼭 대박이 나야 맛인가. 산다는 게 일장춘몽인 걸.

구구절절 이런 기묘한 맛이 그의 '노후'라는 작품에도 녹아난다. 나이는 '가을'인데도 '벚꽃'이 피었나보다. 몸이 찌부둥하면 꽃도 성가시다. 더구나 라면으로 한 끼를 때우고 있는데….

"…
날씨마저 궂은데
벗 꽃잎은 어쩌자고 날아와
마른침 묻은 라면덩어리에 성가시게 붙는지 알 수 없다만
무덤덤하여 꽃잎마저 입속으로 밀어 넣고서
야무지게 봄을 자시네
계절아,
살금살금 더디 가라고
도대체 그걸
꿀꺽 못 삼키네"

참으로 재미와 눈물이 묻어나는 맛깔진 시다. 이 '봄을

자시는' 늙은이의 '… 꿀꺽 못 삼키는' 울음 섞인 봄 맛. 이러는 것이 시다. 형언할 수 없는 이런 삶의 잔고비를 조근조근 그려나가는 시법!

그러나 이 시인은 내공이 깊다. 자연과 우주와의 호흡 속에서 우리의 큰 할아버지가 내려온 박달나무에서 하늘을 바라본다. 그 산등성이는 태백 쯤 되겠고… 그러나 중요한 것은 그 모든 풍경이 도깨비나 홍두깨가 설치는 우리 토속 신앙의 놀이터라는 점. 자칫 수목이나 탐욕의 노예가 된다면 이들 도깨비들 노리갯감이 되기 십상이겠지.

"…
거기에서
자태가 고결한 듯 절개가 확연한 듯
위로 위로 곧게 곧게 뻗어
산등성을 의연하게 지배하는
박달나무와 마주하거든 하늘을 보라
가지에 구름을 널고
산새에 잎새 시소가 되어주어
넉넉하게 유심하여
단단한 내공을
흡입하는 청량함에 기절할 것이다

깜박
주제를 망각하여
주변의 수목들에 추파를 던졌다거나

속세에 순응하였더라면
다듬이 방망이나 홍두깨, 빨래 방망이는 차치하고
제까짓게 감히
육모 방망이는커녕
디딜방아 공이가 되고
절구 공이가 되었겠어

누구인들 도깨비 방망이를 탐하지 않았겠느냐고"

사람들이 좋아하는 '분재'는 어떻든 자연과 '초자연적 권리를 찬탈하는 행위'이다. 이 시인은 '억지로 꿈을 연출할 수 없듯이' 자연의 현묘한 신비를 찬탈하는 분재 기르기에 분연히 맞선다.

"…
억지로 한편의 꿈을 연출할 수 없듯이
지천의 식물도 나름나름 표정 있는 향기와 열매를
영글 수 있는 능력이 마땅한데
초자연적 권리를 찬탈하는 행위가 원천적 은밀한
교감이라고? 깝치고들 있네, 물심양면의 일상이라
정당하다는데 긍정하는 괘씸한 난폭자들아

아, 그대들아 포악의 진실을 아는가
우주의 온갖 티끌들은 무의식적이나 질서 있게
엉키고 설켜

저마다를 뽐내어 생존의 일익을 존중하는
당연이치라는 사실을."

이들 시 중에서 제일 오리지널한 것은 '앵두'라는 시의 상징성이다. 에로틱한 이미지라기보다는 '돌맞이 기록사진'에 다 내놓고 찍은 사내아이의 그 '불알인양' 생명스럽고 신비하다. 그냥 삼키기에는 참으로 사랑스럽고 알진 생명성의 맛.

"…
고요하게 저문 넓은 세계에
별들이 피면
딸랑딸랑 방울을 흔들어
친화적인
착한 야행 것들이
옹긋옹긋 모여
나름의 영양가를
넉넉하게 보태고 채우는
작용만으로도
더없이 튼실하여
불그스레 영근 자태가 남아
돌맞이 기록사진에
또렷한
그 불알인양
그 알맹이가

탐스러운 상황에서
입에 넣기란 참 아깝다"

이 시인의 웃음과 넉살은 때때로 가슴 깊은 사랑 편지나 '연서'에 이르면, 급기야 저녁노을처럼 불타오른다. 나이 들고 시골에 사는 영감이 무슨 사랑의 열정이겠어? 하면 큰 코 다친다.

"...
사랑으로 완성 되었으면 됐다

타는 건
쥐불놀이 깡통불이래?
한데아궁이 난가리 잔불이래?

당치않아
느지막이
속가슴은 활활 타올라
주홍빛 물드는 서편노을을
집어삼킬 여력이 뻗치는 날이
허다하여
혼미한 영혼을 차릴 판단 수가 없다 하다"

이 시에는 이 시인의 토속 시어의 맛깔진 어투가 한껏 빛을 발휘한다. "쥐불놀이 깡통불이래?"에서 심심풀이 헛

눈질로 비하하는 시골 노인의 열정에 대하여 대놓고 대든다. "한데아궁이 낟가리잔불이래?" 시인은 이 떱지 않은(풀냄새, 흙냄가 진동하니까) 비난에 대하여 '당치않다'고 맞선다. "느지막이 / 속가슴은 활활 타올라 / 진홍빛 물드는 서편노을을 / 집어삼킬…" 자세이다.

시의 내용 못지않게 시표현의 묘가 빛난다. 마지막 시구 "혼미한 영혼을 차릴 판단 수가 없다하다"는 분명히 비문법이다. '없다하다'가 아니라 '없다한다'가 옳다. 그러나 시인은 창조의 신이다. 시인이 옳다. 그 이유는 앞 구절의 '허다하여'의 여파 때문이다. 결국 그런 정신없고 영혼 없는 일이 허다 하다 한다로 얼버무리기 작전. 너무 뜨겁고 붉으니까.

이철희 시인은 늦깎이 시인답지 않은 노련한 시어 사용과 구성진 말투, 해학으로 시를 버무르는 요리사이다. 시적 에스프리 또한 내공이 범상치 않은 동양적이고 한국적인 정서가 돋보인다. 앞으로 더 공을 들이면, 대기만성이라고 했던가. 기대가 크다.

이철희 시집

귀띔을 귓등으로

초판발행 2016년 6월 20일

지은이 이철희
펴낸이 박명순
펴낸곳 도서출판 문학시티

등 록 제22-2311호
등록일 2003년 2월 25일
주 소 서울시 중구 창경궁로 1길 29 (3F)
전 화 031)717-2549
팩 스 031)718-2549
이메일 munhakmedia@hanmail.net
공급처 정은출판 (02)2272-9280

ISBN 978-89-91733-37-4(03810)